息ができない夜に、君だけがいた。

丸井とまと

装丁――――齋藤知恵子
イラスト――凪

微《かす》かに震《ふる》える指先で、私はスマホに文字を打つ。

【お願い。誰《だれ》にも言わないで】

必死に懇願《こんがん》すると、吉永《よしなが》くんはある交換《こうかん》条件を出してきた。

「その代わり、欲しいものがある」

戸惑《とまど》う私に、彼《かれ》は微かに笑みを浮《う》かべる。

「竹内《たけうち》の三ヶ月」


好きなものを笑われ、声を失って、色褪《いろあ》せた日々。

自分の存在理由も、学校へ行く意味も、わからない。

周りの声を聞くのが怖《こわ》い。

だけど——。

「竹内の好きなもの、俺《おれ》は笑ったりしない」

もう、私の声を消したくない。

Contents

Only you were here in the breathless night.
presented by Tomato Marui

第一章　消えていく声

消えていく声

今から私は十五分間、私ではなくなる。

この瞬間《しゅんかん》を何度経験しても、緊張《きんちょう》と不安に心が押《お》し潰《つぶ》されそうだ。

――上手くできるかな。

体育館の舞台《ぶたい》の中心に、私はひとりで立つ。吐《は》く息が微かに震えた。

開演のブザーが鳴り響《ひび》き、ゆっくりと幕が上がっていく。手に汗《あせ》を握《にぎ》りながら、俯《うつむ》かないように前を向いた。

頭の中でカチッとスイッチが入る音がした。その瞬間から声や表情に役の感情がのり、身体に染み込《こ》んだセリフや動作が自然と出てくる。

――今のシーン、練習よりも上手くできた。

心の中で膨《ふく》れ上がっていた緊張が、だんだんと薄《うす》れていく。

高校二年の春、私は初めて主役を任された。

新入生歓迎会《かんげいかい》で披露《ひろう》する十五分間のミニ演劇で、やりたいことがない。なにをしたらいいかわからない。そんなふうに悩《なや》んでいる新入生の役が私で、演劇部の人たちは今まで演じてきた役を披露しながら、自分ではない誰かを演じる楽しさを伝えていく。

私ひとりのシーンが終わると、演劇部の先輩《せんぱい》や同級生たちのシーンに切り替《か》わる。

公演が始まる前までは、あんなに長く感じていたのに、あっという間に時間がすぎていく。

　どの部活に入るか迷っていた私が、演劇部の部長へ入部届を渡《わた》したところで、ミニ演劇は終わりを迎《むか》えた。

　演劇部のみんなと横に並んでお辞儀《じぎ》をすると、体育館の床《ゆか》に座っている一年生たちから拍手《はくしゅ》が聞こえてくる。

「ありがとうございました！」

　舞台からはけると、身体の力が抜《ぬ》けていく。小声で部員たちと「おつかれ」と声をかけ合ったあと、他の部の邪魔《じゃま》にならないように私たちは急いで小道具を片づける。先輩たちが使った衣装を両手に抱《かか》えて立ち上がると、誰かと肩《かた》がぶつかってしまった。

「ごめんなさい！」

　咄嗟《とっさ》に謝ると、すぐ隣《となり》には赤茶色の髪《かみ》をポニーテールにしている女の子がいた。同じクラスの神谷《かみや》さんだ。彼女《かのじょ》の周りには野球部のユニフォームを着た男子たちが二十人ほどいていて圧迫感《あっぱくかん》がある。どうやら次は、野球部の勧誘《かんゆう》らしい。

「福楽のせいでぶつかっちゃったじゃん！」

　神谷さんが、野球部の男子――福楽《ふくら》くんの背中を軽く叩《たた》く。

「俺のせいかよ！　つかさ、竹――」

「ほら、始まるよ！」

野球の応援歌《おうえんか》が流れ始めると、神谷さんが再び福楽くんの背中を叩いた。野太い掛《か》け声が響き、一斉《いっせい》に野球部の男子たちが舞台へと駆《か》けていく。そして最後に神谷さんが舞台の端《はし》っこに立った。

小道具を抱えた珠里《しゅり》が私の隣までくると、振《ふ》り返る。

「神谷さんって、野球部のマネージャーだったんだね」

神谷さんと福楽くんが楽しげに話しているのを、教室で度々見かけた。同じ部だから仲がよかったんだと思いながら、珠里の話に耳を傾《かたむ》ける。

「うちらの代のマネージャーって、一年の終わりにやめちゃった子が多いんだって」

「そうなの？」

「やること多くて、かなり大変らしいよ」

「でもさ、福楽くんいるなら私頑張《がんば》れるかも。かっこいいじゃん」

珠里の声が聞こえたらしく、他の子たちが会話に入ってくる。

「それ最初だけだって〜。洗濯《せんたく》や掃除《そうじ》もするみたいだし、土日も毎週練習だよ？」

「うわ〜、毎週はきつそう」

「片づけ終わったなら、喋《しゃべ》ってないで行くよ」

部長に注意をされて、私たちは舞台袖《ぶたいそで》にある扉《とびら》から外に出た。薄暗《うすぐら》い場所から外に出ると、夕陽に染まる空が普段《ふだん》よりも眩《まぶ》しく感じた。

「やりきった〜！」

「てか、珠里がアドリブ入れるから、セリフ飛びかけたんだけど！」

「ごめんごめん！　つい言いたくなっちゃって！」

部員たちと並んで歩きながら、先ほどのミニ演劇の話をして盛り上がる。みんな緊張から解放されたからか、いつもよりテンションが高い。

体育館の渡り廊《ろう》下《か》を抜けて、階段をのぼろうとしたときだった。

ふと、自分が抱えている衣装がひとつ足りないことに気づいて立ち止まる。先輩が人魚役のときに使っていた虹色《にじいろ》のシフォンの布がない。

「花澄《かすみ》？　どうしたの」

「忘れ物してきちゃったみたい。ごめん、先に行ってて」

私は来た道を小走りで戻《もど》っていく。舞台袖に落としてしまったのかもしれない。

渡り廊下に出ると、ひとりの男子が立っていた。

春風が音を鳴らして吹《ふ》くと、夕焼け色に染まった彼の髪が靡《なび》き、足元の桜の花びらが舞《ま》い上がる。

今にも消えてしまいそうなほど、儚《はかな》げな横顔に目を奪《うば》われた。

——吉永くん。

賑《にぎ》やかな福楽くんとは、また別の意味でクラスの中で目立つ存在で、サッカー部のエース。

うちの高校のサッカー部は全国高体連の大会にも出場していて、強豪校と言われている。吉永くんは一年生で大会に出場した実力者で、彼の活躍はネットニュースにまでなり、一時期かなり話題になっていたほどだ。だからか、自然と吉永くんは私たちの学年の中で一目置かれていた。

話し方はぶっきらぼうで、あまり笑った顔を見たことがない。そんなところがかっこいいと言われているけれど、私はなんとなく近寄りがたい。

だけど吉永くんの手には、探していた虹色の布が握られていて、このまま通りすぎるわけにもいかなかった。

「あ、あの……」

勇気を出して声をかけると、吉永くんが視線を上げる。色素の薄い瞳《ひとみ》が私を捉《とら》えた。金縛《かなしば》りにでもあったように身体が動かなくなる。そんな私の元に吉永くんが歩み寄ってきた。一歩、また一歩と近づくたびに心臓が大きく跳《は》ねる。

そして目の前に立つと、吉永くんが布を軽く持ち上げた。

「これ？」

「う、うん。それ演劇部の布で……拾ってくれてありがとう」

吉永くんが拾ってくれていなかったら、きっと風に飛ばされていたはず。差し出された布を受け取ろうとすると、吉永くんが布を握ったまま動きを止めた。

「舞台立つのって、緊張すんの」

「え？　す、するよ。……不安にもなるし」

突然《とつぜん》の質問に驚《おどろ》いて、言葉に詰《つ》まってしまった。恥《は》ずかしい。できれば時間を巻き戻して、もう一度ちゃんと答えたい。

「不安？」

「セリフ飛ばないかなとか、声が裏返らないかなとか、いろいろ考えちゃうんだ。だからミスしないように何度も練習してるんだけど、不安が消えなくて。……でも、楽しいよ」

演劇部の人たち以外と、こういう話をする機会はなかなかないので照れくさい。それにこれといって深い意味はなく聞いているだけかもしれないので、話すぎると困らせるかもしれない。

「真面目《まじめ》だな」

呆《あき》れられたような気がして、言うべきじゃなかったかもと後悔《こうかい》した。

吉永くんの手が布から離《はな》れていく。風にふわりと揺《ゆ》れた布が飛ばないように、胸元に引き寄せる。沈黙《ちんもく》が流れて気まずい。

立ち去るタイミングが掴めずにいると、吉永くんが私の横を通過していく。

「おつかれ」

先ほどのミニ演劇のことを、言ってくれているかもしれない。彼の背中に向かって、言葉を返す。

「ありがとう」

私の小さな声が聞こえたようで、吉永くんは一瞬《いっしゅん》振り返る。けれど、すぐに校舎の中に入っていった。

翌朝、ロッカーの前で靴《くつ》を履《は》き替えていると、明るい声が響いた。

「花澄〜！　おっはよー！」

振り向くと、珠里が小走りで駆け寄ってくる。そして両手を広げて、飛び跳ねるように抱《だ》きついてきた。

「わっ！」

後ろに身体が傾き、転ばないよう足に力を入れながら珠里を支える。相変わらず珠里はテンションが高くて元気だ。

走ってきたからか、珠里の髪は乱れていた。肩あたりの長さに切り揃《そろ》えられた艶々《つやつや》な黒髪《くろかみ》に指を通し、手櫛《てぐし》で軽く整えてあげると、歯を見せて珠里が笑いかけてくる。

「昨日はおつかれ～！」

「おつかれ。部員増えてくれるといいな」

珠里は私から身体を離すと、にやりと口角を上げる。

「花澄、初めての主役はどうだった⁉︎」

「すごく緊張した！」

「えー、そんなふうに見えなかったのに～！　余裕《よゆう》そうだったじゃん！」

「開演直前まで、失敗したらどうしようとか何度も考えてたよ」

「花澄は心配性だなぁ」

胸元まで伸《の》びた髪を触《さわ》りながら、珠里の顔色をうかがう。

「私の演技、大丈夫だった？」

短い演劇なのでセリフ量はそんなにないけれど、私はなんとしてもミスなく完璧《かんぺき》に念願の初主役を演じたかった。けれど客観的に見て私の演技がどうだったのかを考えると、自信が持てない。

それに昨日のことなのに、緊張のあまり舞台上での記憶《きおく》が曖昧《あいまい》だ。

「うん。役に入り込んでるなぁって感じで、完璧だった！」

珠里の言葉に、私は頬《ほお》が緩《ゆる》む。

長い間一緒《いっしょ》に頑張ってきた珠里から褒《ほ》めてもらえるのは嬉《うれ》しい。

私たちは同じ中学出身で、親しくなったのは珠里が演劇部に仮入部しないかと誘《さそ》ってくれたのがきっかけだった。

断れなくて一緒に仮入部することになったけれど、最初は入部しないつもりでいた。人前で話すことが苦手な私が演劇なんてできるはずがない。そう思っていた。

けれど、演劇部の先輩たちは緊張で顔が強張《こわば》っていた私に、気さくに接してくれた。

そして普段上手く話せなくても台本があるから大丈夫だと、実際に演技を見せてくれたのだ。先ほどまで喋っていた先輩たちの声や表情が変わり、釘《くぎ》づけになる。私もあんなふうに演じてみたい。そんな憧《あこが》れを抱いて入部し、いつのまにか演劇部は私にとっての大事な居場所になっていた。

高校で新しい環境《かんきょう》になるのは不安だったけれど、珠里もいてくれて、みんな演劇という共通の好きなものがあるので打ち解けられた。一年が経った今では、部活に行くのが楽しみで仕方ない。

「私も次の文化祭では、絶対主役もらう！」

やる気に満ち溢《あふ》れている珠里に笑いかける。

「叶《かな》えようね」

私の言葉の意味を珠里は理解したようで、力一杯《ちからいっぱい》頷《うなず》いた。

去年の高校一年生の夏、私たちは文化祭で主役をやろうと目標を掲《かか》げた。これは私たちだけの約束であり、お互《たが》いの原動力。

「演目はこの間決まったし、そろそろ文化祭の配役決めるのかなぁ」

珠里は少し硬《かた》い声で言いながら、隣の列にある自分のロッカーがあるほうへと歩いていく。

私たちの高校では、九月に文化祭が行われる。それに向けて、演劇部も公演をする予定で、小道具や衣装の準備があるため、毎年早めに取りかかっているのだ。

「は〜、絶対勝ち取りたーい！」

珠里が叫《さけ》ぶような声を上げるので、周囲の生徒たちが驚いている。慌《あわ》てて隣の列まで行って、珠里の肩を叩く。

「珠里、声が大きいってば！」

「ごめんごめん」

笑う珠里を見て、あることに気づいた。

「今日、前髪巻いてる！」

なにかがいつもと違《ちが》うと思っていたけれど、前髪が内巻きになっている。私の指摘《してき》に、珠里が慌てて手で自分の前髪を隠《かく》す。

「これはただの練習！」

「練習？」

「演劇部で髪セットするときアイロンとかコテ使うじゃん？　慣れておきたいな〜って思って！　深い意味ないから！」

恥ずかしがっているのか早口で理由を口にする。その姿が妙《みょう》に引っかかって、疑問を抱《いだ》く。そういえば、今日はサッカー部が休みの日だ。前髪を巻いた理由を察して、にんまりしながら珠里と腕《うで》を組む。

「楽しんできてね！」

真っ赤な顔をした珠里が硬直《こうちょく》する。珠里には一年の秋頃《あきごろ》から付き合っている彼氏《かれし》がいる。お互い部活やバイトで忙《いそが》しいため、あまり予定が合わないらしく、一緒に帰ることは少ないと前に言っていた。今日は朝から上機嫌《じょうきげん》だったのは、珍《めずら》しく彼氏の三輪《みわ》くんと帰れるからだったのかもしれない。

「ち、ちが、いや……違わないけど、別に約束してるからとかじゃないし。ちょ、笑わないでよ～！」

「笑ってないって」

「顔にやけてるじゃん！」

珠里は人の恋愛《れんあい》ごとは嬉々《きき》として聞きたがるのに、自分の恋愛について触《ふ》れられるのは、なかなか耐性《たいせい》がないみたいだ。

そんな珠里のことがかわいくって、幸せそうな姿が嬉しくなる。

ロッカーがある場所を出て階段に向かって歩いていると、珠里が前方を見つめながら声を潜《ひそ》めた。

「ねえ、花澄」

「ん？」

「吉永と話してるのって、サッカー部の顧問《こもん》だよね」

まったく聞こえないけれど職員室のそばで体格のいい先生が熱心に話していて、薄《うす》茶色《ちゃいろ》の髪の男子――吉永くんが暗い表情で頷いている。

「たぶんそうだと思う」

サッカー部の顧問の先生は、私たちの授業を受け持ったことがないので名前は知らないけれど、大柄《おおがら》で小麦色の肌《はだ》をしている先生ということは覚えていた。

「吉永、取材の件はどうする？　受けるか？」

近くを通過するタイミングで、先生の声が聞こえてきた。おそらく取材とはサッカーのことだ。私はあまり詳しくわからないけれど、吉永くんは一年の頃に将来を期待されるほどの活躍をしたらしい。

階段をのぼりながら、珠里は後ろを気にするように一度振り返る。

「吉永って高体連《こうたいれん》の冬大会の影響で、取材依頼がかなり来てるらしいよ。すごいよねぇ」

「一年のときも、カメラマンとかが来てて話題になってたよね」

中庭で撮影をしているのを二月頃に見かけたことがあった。同じ高校に通っているはずなのに、彼を取り巻く環境だけは別世界だ。

「花澄は、吉永と同じクラスだよね？　話したことあるの？」

「……全然関わりないよ」

吉永くんと会話をしたのは、昨日の放課後が初めてだ。話し方は素っ気なくて、目が合うと、言葉が上手く出てこなくなるほどの威圧感《いあつかん》があった。無言の気まずい時間を思い返して、もう彼とは話すことはないだろうなと感じる。

「でも、人気あるのも大変だよね。応援のことでギスギスすることもあるみたい」

「応援？」

「吉永目当てで応援しに来る子たちがいて、他の男子が活躍《かつやく》しても無言なのに、吉永のときだけ騒《さわ》ぐらしくって。それをよく思わない人たちがいたんだって」

吉永くん目当ての子たちがいると聞いても、驚きはなかった。クラスでも彼の言動を気にかけている子たちは多い。

少し前まで新しいクラスでの親睦会《しんぼくかい》の計画があった。数名の女子たちが、日程や会費など半ば強制的に進めていく中、一部の子たちが相談もなく決められていることに不満を抱いていた。けれど面と向かって言える人はいない。もしもクラスの中心的な子たちと揉《も》めたら、一年間肩身《かたみ》が狭《せま》くなる。

行かないと言えない人が多い中、最初に声を上げたのが吉永くんだった。

『俺はパス』

それがきっかけとなり、『吉永くんが参加しないならやめよっか』と計画自体が消えていった。言い出したのが吉永くんだったから、揉めずに済んだのだと思う。それくらい彼は教室で力のある人だった。

「それじゃ花澄、またね～」

二年生の教室がある階までつくと、珠里と別れる。

三組の教室へ入ると、野球部の男子ふたり組の笑い声がした。彼らは私の席の後ろで騒いでいるため、近くを通らなければいけない。

存在感を消すように俯きながら早歩きで進んでいくと、一瞬彼らの会話が途切《とぎ》れた。

そして通りすぎようとしたときだった。

「自分ではない誰かに、私でもなれるんだ！」

聞き覚えのある言葉に、足を止める。新入生歓迎会のミニ演劇での私のセリフだ。

顔を上げると、先ほど笑っていた野球部の男子のひとり、福楽くんが私を見て口元を歪《ゆが》めた。

「竹内竹内！　最初のひとり言のシーン、もう一度観たいんだけど。部活なににしよう～ってやつ！」

福楽くんの隣にいる男子が、同意するように思いっきり手を叩いて笑い始める。

「あれ、ミュージカルっぽかったよな！」

「わかる！　歌うように喋ってた」

「俺、笑い堪《こら》えるの大変だったわ」

野球部は勧誘の時間が演劇部のあとだった。そのため、私たちのミニ演劇を舞台袖で見ていたのだ。

「演劇部って、いつもあんな感じなの？」

心臓が激しく脈を打つ。喉《のど》を締《し》められたように、上手く呼吸ができない。

「……っ」

胃が焼けるような痛みと不快感に、シャツの腹部を握りしめた。

「竹内って普段は声小さいのに、演技するとき全然違うよな」

「演技のときの話し方、大げさじゃね？　こんな感じでさ！」

ひとりの男子が声を大きくして、片手を宙に伸ばした。彼の声に教室にいる生徒たちの視線が集まる。

「いや、お前似てないだろ！　竹内、本物見せろよ」

福楽くんたちは私に嫌《いや》がらせをしたいというよりも、単に話のネタとして楽しんでいるようだった。

彼らが笑っている演技は、私たちが必死に練習を重ねてきたもので、軽く扱《あつか》われたくない。そういう感情と同時に湧《わ》き上がってくるのは、羞恥心《しゅうちしん》だった。

大げさに真似《まね》をされて恥ずかしい。それとも演技をしている私って、そんなにおかしく見えていたの？

「てかさ、普段からデカい声で喋ればいいのに、なんでいつも声小せぇの？」

「演劇部の発声練習、ウケるって聞いたんだけどどんなやつ？」

「え……あの」

質問攻《ぜ》めにされてうろたえていると、福楽くんが私の肩を叩いてくる。

「次の演劇っていつ？　俺また竹内の演技観たいんだけど」

言葉と同時に息をのんだ。彼らに観られたら、こうしてネタにされることが想像できる。笑われることをわかっていて、舞台に立ちたくない。

「福楽、そんなハマったの？」

「だって昨日の面白《おもしろ》かったし！」

「……っ、や」

やめて、と言いたいのに声が続かない。

念願の主役に選ばれたときの感動が、嘲笑《あざわら》うような笑い声に塗《ぬ》り潰さていく。

『役に入り込んでるなぁって感じで、完璧だった！』

珠里、私の演技って本当に完璧だった？

それとも本当は笑われるような変な演技だった？

呼吸が浅くなって、心臓の音だけが不快なほど全身に響いていた。

福楽くんが再び私の役を真似ると、近くに座っていた神谷さんが、「似てる」と言って笑う。それが嬉しかったのか、福楽くんのテンションが上がっていく。

「マジ？　俺も演劇部入れっかな」

重たく捉えないほうがいい。頭ではわかっているはずなのに、軽く受け流すことができない。大事にしてきたものを踏《ふ》み荒《あ》らさないで。お願いだから、私のことは放っておいてほしい。

けれど、私の願い通りにはいかなかった。

それから、顔を合わせると福楽くんたちは私の演技の真似をするようになり、時々彼らの悪ふざけが始まる。

「竹内、これ演劇っぽく読んで」

昼休み、現代文の教科書を私の机まで持ってきた福楽くんが、ニヤニヤとしながら促《うなが》してくる。

「え……」

私が嫌そうにしたのがわかったのか、今度は強めの口調で「いいから」と腕を軽く叩いてきた。本当はこんなことしたくない。でも一度でも彼の言う通りにしたら、この場は収まるだろうか。

「……ある日の暮方《くれがた》のことである」

ただ一行読んだだけで、福楽くんたちが声を上げて笑う。どうして彼らはこんなに楽しそうなのか理解ができなかった。

「マジウケるんだけど！　俺らと読み方がちげぇ。発音よすぎだろ」

「続きも読んで！」

目尻《めじり》に涙《なみだ》を浮かべている。そんな福楽くんたちを眺《なが》めながら、私は自分の心が少しずつ凍《こお》っていくような感覚がしていた。

周囲で聞いている女子たちもクスクスと笑いながら、私を見ている。なにがそんなにおかしいんだろう。けれど、彼らにとってはツボらしく、あらゆる文章を私に読ませようとしてきた。

「なあ、動画撮《と》れた？」

「撮った撮った！」

いつのまにかスマホで動画が撮影《さつえい》されていて、血の気が引いていく。

許可もなく勝手に撮られたことへの嫌悪感《けんおかん》と、これを拡散されるのではないかという恐怖心《きょうふしん》に襲《おそ》われ、慌てて声を上げる。

「ど、動画、撮らないで……！」

「いいじゃん、これくらい。ノリ悪」

冷めた視線で私を見下ろすと、福楽くんが神谷さんに教科書を渡す。

「なあ、これ演劇っぽく読んでみて」

神谷さんは、ちらりと私を見やると苦笑した。

「えー、やだ。私、演劇部じゃないし。恥ずかしくてできない」

私だって教室でこんなことをしたくなかったという思いと、演技そのものが恥ずかしいと言われているような気がして俯く。

「くだらね」

近くを通りかかった様子の吉永くんが、呆れたような眼差《まなざ》しで彼らを見ている。

笑っていた人たちの表情が強張っていくのがわかった。

「そういうのやめたら？」

吉永くんの言葉は、かなりの効果があったようで録画が止まる。次の瞬間、福楽くんは親しげに吉永くんの肩に腕を回した。けれど、どこか顔色をうかがっているようにも見える。

「ちょっとふざけてただけだって。怒《おこ》んなよ」

機嫌をとるような話し方をする福楽くんを眺めながら、助かったと胸を撫《な》で下ろす。

「勝手に動画撮るのは最低だろ」

「……もうやめたって。吉永、今日機嫌悪くね？」

見つめすぎてしまったからか、吉永くんと目が合った。止めてくれてありがとうと伝えるべきなのに、彼が醸《かも》し出す空気がピリついているように思えて、逃《に》げるように視線を下げた。

「腹減りすぎてイライラしてるせいかも。昼飯奢《おご》って」

おちゃらけたような軽い口調で吉永くんが言うと、福楽くんたちの様子が一変した。表情が緩み、笑いながら吉永くんのことを軽く叩く。

「は〜？　なんでだよ！　吉永に奢る理由ねぇだろ」

「俺、今日昼飯も財布も忘れたんだよ。だから恵《めぐ》んで」

重たい空気が消えて、先ほどの話題など忘れたかのように別の話に切り替わっていった。

「私のパンひとつあげる」

「おにぎりふたつあるから、ひとつあげるよ！」

「え、吉永に優しすぎねぇ？　こないだ俺にお菓子《かし》くれなかったくせに」

近くにいる女子たちも輪に入ってきて、吉永くんの手の上にパンやおにぎりなどがのせられていく。

私は彼に違和感《いわかん》を覚えていた。口角は上がっているけれど、吉永くんの目は笑っていない。むしろ怒っているように見えた。

彼がなにを考えているのかはわからない。けれど話題を変えてくれたおかげで、福楽くんの視界には私が映らなくなった。

「竹内さんさ」

神谷さんが振り返ると、椅子《いす》に肘《ひじ》をついて笑いかけてきた。

「最近、福楽と仲いいよね」

「……福楽くんはただ面白がっているだけだから、仲良くなんてないよ」

仲がいいと思われていた衝撃《しょうげき》よりも、神谷さんの反感を買いたくなくて私はすぐに否定した。たぶん、彼女は福楽くんのことが好きなのだと思う。

「でも竹内さんも楽しそうだから、気が合うのかなって」

顔をしかめそうになり、膝《ひざ》の上にのせていた手をきつく握りしめる。

「私は……演技のことからかわれるの嫌だよ」

だから楽しくなんてないし、福楽くんに対して特別な好意はない。神谷さんにわかってほしくて勇気を出して伝えた。

「そっか。まあ、やりすぎなときもあるもんね。福楽たちもおもちゃ扱いしすぎ」

「え……」

「そのうち福楽の竹内さんブームも終わると思うよ」

神谷さんは、目を細めて口角を上げる。けれど私は反応ができず、口元が痙攣《けいれん》した。笑えないよ。おもちゃってなに？　私は彼らにとって、使い捨てのものなの？

神谷さんの瞳の奥《おく》には、私に対する敵意が見える。私が福楽くんのことを好きなのではないかと、まだ疑っているようだった。

「私、ああいうノリ苦手というか……だから、本当に好きとかじゃないよ」

疑われているような感情はないと説明をしたいのに、言葉が上手く出てこない。すると、神谷さんはおかしそうに声を上げて笑った。

「わかってるから、大丈夫だよ」

その言葉に安心するべきなのに、鳥肌《とりはだ》が立つ。それはきっと、神谷さんの瞳から敵意が消えていなかったからだ。

その日の放課後、演劇部の部室で先輩たちが来るまで、二年生で談笑していた。

「昨日珠里がアップした動画、かわいすぎるんだけど〜！　なんて名前なの？」

「めろちゃん！」

昨夜動画投稿《とうこう》アプリに、珠里が飼い犬のめろちゃんをのせたらしい。めろちゃんは白くてふわふわな毛をしたスピッツという犬種で、中学の頃から私にも懐《なつ》いている。

私もめろちゃんの動画を見ようとしてアプリを起動すると、お知らせ通知が来ていた。

【あなたがタグづけされました】

心当たりがなくて不思議に思いながら、リンクをクリックする。すると、〝福〟という名前のアカウントに飛ばされた。

——なに、これ……。

画面には教室で現代文の教科書を持っている私の姿が映し出されていて、あのとき福楽くんに撮られたものだとすぐにわかった。

慌てて動画をタップして再生を停止する。右側の吹き出しマークを押すと、コメントが二件ついていた。おそるおそるそれを覗いてみると、息が止まりかけた。

【ウケる】

【やばすぎ】

それに対して、投稿者が〝竹内の演技、すげぇよな〟と返している。再生回数は三十回と書いてあった。

動揺でスマホを持つ手が震えてしまう。なんでこんなもの投稿されてるの？　嫌だ。どうしよう……どうしたらいいの？

「花澄〜！　先輩たち来てるよ」

珠里に肩を軽く叩かれて、画面を隠すようにスマホをひっくり返す。

「ごめん、ぼーっとしてた」

落ちつかない気持ちのまま笑みを貼《は》りつけて、鞄《かばん》の中にスマホを押し入れた。

みんなで机をくっつけて縦長にすると、それぞれ席につく。今日は秋の文化祭に向けての話し合いが行われる予定だ。

「絶対今回は私が主役やる！」

「はいはい！　私も主役やりたい！」

部内は和気藹々《わきあいあい》としていている。私も話し合いが楽しみだったはずなのに、どうしても先ほどの動画のことが頭から離れない。

「じゃあ、一応みんなセリフ読んでみる？」

「いいね。動画撮って、あとから見られたほうが審査《しんさ》しやすいよね」

積極的でメインの役をやることが多い人と脇役《わきやく》に回りがちな人で偏《かたよ》るため、部長のアイデアでオーディションをすることになった。

やる気に満ち溢れた部員たちの演技を見ながら、一人ひとりの感想をノートにメモしていく。

「次は花澄！」

私の番が回ってきて、セリフの紙を手に取る。

息を吸い、言葉を発しようとしたときだった。向けられた部員たちの視線に、心臓が嫌な音を立てた。明らかにいつもとは違う妙な違和感に、冷や汗が背中に滲《にじ》んでいく。

「あ……」

たったワンフレーズを口にするだけなのに、手が震えてしまう。

私、どうしたんだろう。

さっきまではなんともなかった。けれど、今は声すら出ない。

副部長がスマホで動画を撮っているため、レンズが私に向けられる。

その瞬間、教室でからかわれたことがフラッシュバックした。

――竹内って普段声小さいのに、演技するとき全然違うよな。

――マジウケるんだけど！

福楽くんたちの笑い声が聞こえる気がして、呼吸が浅くなり苦しくなっていく。両手で口元を押さえる。

「花澄、このタイミングでしゃっくり～？」

しゃっくりで話せないと勘違《かんちが》いされたようで、部内が笑いに包まれた。けれど、クラスでのあの笑い声と重なってしまう。

「とりあえず花澄は最後にして、次は珠里！」

――次の演劇っていつ？　俺また竹内の演技観たいんだけど。

文化祭で福楽くんたちに見られたら、また笑われてネタにされる。

今まで楽しかったはずの演技が、急に恥ずかしいことのように思えて、そんなふうに考える自分が嫌でたまらなくなる。ここにいるみんなは、心から演技が好きでやっているのに。

演技って、こんなに抵抗《ていこう》あるものだった？

目の前の部員たちは、スイッチを入れたように演じていく。以前なら私もそれができていたはずなのに、今はできる気がしない。

気持ちを落ちつかせるために、何度も深呼吸をする。

〝できる気がしない〟じゃなくて、切り替えなくちゃ。大丈夫。今までずっとやってきたんだから。きっと嫌な記憶を演技のタイミングで思い出しちゃったから、動揺《どうよう》しているだけだ。

呼吸が整い始めたときだった。部内で笑いが起こる。

「麻千《まち》、声張りすぎ〜！」

「だってこのセリフ、インパクト大事じゃない？」

私が笑われているような感覚に陥《おちい》って、過剰《かじょう》に反応してしまい震えが止まらない。

「はい、次〜」

動画を撮り始めたピロンという音がして、福楽くんが私に向けたレンズが頭をよぎる。

――嫌だ、撮らないで。

季節は春なのに、真夏のように暑く感じて背中に汗が滲む。視界の端がチカチカと白く光っている。頭がくらくらして、酸素が薄くなっていくような気がした。

この場にいることに耐《た》えられなくなった私は、勢いよく立ち上がった。

「え？　どうしたの？」

部員たちの視線が私に集まる。教室で周囲の人たちが私を面白がって見ている光景が重なった。喉になにかが詰まったような違和感を抱く。息が、苦しい。

「花澄?」

珠里の手が私に触れると、咄嗟に振り払《はら》ってしまった。

「いっ……」

私の爪《つめ》が当たり、珠里が痛そうに顔を歪めたのを見て、我に返る。

「ご、ごめん!」

落ちつかなきゃ。ここは教室じゃない。それなのに心臓の音が私を責め立てるようにうるさくて呼吸がしづらい。ここにいたら、ダメだ。息が止まってしまいそう。

横目でドアの方向を見ると、少し開いていた。

「――っ」

机の横に置いていた鞄を手に取ると、私は演劇部が使っている教室から飛び出した。

「え、花澄!? 待って!」

すぐに追いかけてきてくれたのは珠里だった。彼女は腕を掴《つか》んで私を引き留めると、心配そうに見つめてくる。

「なにがあったの?」

遠くで笑い声が反響《はんきょう》して聞こえてきた。私のことを笑っているわけではない。わかっているのに、再び笑われているような感覚に陥る。

私の手を掴んでいる珠里の手を振りきって、逃げるように廊下を走っていく。

「花澄！」

珠里の声がしたけれど、振り返る余裕もない。誰とも話したくなくて、すぐに上靴《うわぐつ》を履き替える。

昇降口《しょうこうぐち》へ行くと、賑やかな声が聞こえてきて嫌な予感がした。

「竹内じゃん！」

背後から聞こえてきた声に肩を震わせる。——福楽くんだ。

おずおずと振り返るとジャージ姿の男子たちがたくさんいる。今日は雨のため野球部は練習のようだった。よりにもよってこんなときに会ってしまうなんて。

この人たちもあの動画を見ているのかもしれない。そう考えるだけで、不快感で窒《ちっ》息《そく》しそうになる。

「今日部活休み？　暇《ひま》なら俺らのとこで発声練習してよ」

福楽くんは、私の肩に手を置いて強引に連れていこうとする。彼らの前で発声練習なんてしたくない。

「やめて……」

私の肩に触れていた手を振り払うと、野球部の人たちが笑い出した。

「福楽、振られてんじゃん！」

「いや、俺別になんもしてないし。てか、俺ら仲いいし。な？」

肩に触れられたことも、このノリを続けることも嫌でたまらない。彼にとっては楽しいのかもしれないけれど、こうして絡《から》まれるのはもううんざりだった。

「え、もしかしてお前ら付き合ってんの？」

「なにしてんの」

少し遅《おく》れてやってきた神谷さんが、私と福楽くんを見て顔をしかめる。

「福楽の彼女の話」

「は？　彼女？」

「このふたり付き合ってんじゃねぇの」

このままだと、余計に神谷さんに誤解されてしまう。

「福楽、彼女できたなら言えよ！」

――付き合ってないよ！

そう声に出したけれど、私の否定は男子たちの声にかき消されてしまった。

福楽くんは「違う違う」と言っているけれど、周りは彼女だと決めつけて話を進めている。彼らが笑っている中、神谷さんだけが無表情だった。

「早く行かないと顧問に怒られるよ」

福楽くんの背中を神谷さんが叩いて、私から引き剥《は》がす。「いてぇな」と文句を言いながらも、福楽くんが横切っていく。彼に続くように他の部員たちも歩き始めた。

けれど、神谷さんだけは、立ち止まったまま私を見つめている。なにか言わないといけない気がして、私は必死に言葉を探した。

「神谷さん……今のはまたからかわれてただけで」

「苦手とか言ってたのに、付き合ってるって……なんなの」

「本当に違うの！」

「竹内さん、私が福楽のこと好きって気づいてるでしょ」

「それは……」

私が言い終わるよりも先に、神谷さんは背を向けて去っていく。向けられた冷たい眼差しが頭から離れない。

「あ、神谷ちゃんいた！　顧問が探して……え、どうしたの？」

ジャージ姿の女子が神谷さんの元に駆け寄る。上履《うわば》きに赤のラインが入っているので三年生だ。神谷さんは肩を震わせていて、先輩がおろおろとした様子で背中をさする。

神谷さんの声は聞き取れなかったけれど、慰《なぐさ》めている先輩がちらりと私を見た。

「は？　最低じゃん」

自分のことを言われている気がして、胃のあたりが鈍《にぶ》く痛む。私は逃げ出すように昇降口を駆け抜けて学校を出た。

外は花を散らすほどの大粒《おおつぶ》の雨が降っていた。でも傘《かさ》をさす気力がなく、私は溢れ出てくる涙を消すように雨に濡《ぬ》れながら歩く。

無遠慮《ぶえんりょ》に触れられた感覚が肩に残っていて、笑い声が耳の奥にこびりついていた。

アスファルトに落ちた薄紅色《うすべにいろ》の花びらは、茶色く汚《けが》れている。

車が横切り、地面に溜《た》まった濁《にご》った水が私に勢いよくかかった。

「……っ」

言葉にならない声が漏《も》れる。

最近は福楽くんに演技をからかわれるようになって、教室での居心地が悪かった。

神谷さんに付き合っていると誤解されて、明日からはますます居場所がなくなってしまう。

それに演技をするのは好きだったはずなのに、今では人前で演技をするのが怖い。

動画に映っていた自分を思い出すたびに、恥ずかしくなる。

今までの私の演技も、周りから見たら笑えるものだったんだろうか。


家に帰り、玄関《げんかん》で立ち尽《つ》くす。雨水を吸って制服が重たい。靴下《くつした》やシャツが肌にべったりとくっついていて、束になった髪の毛からは滴《しずく》が落ちていく。

このままだと中に入れない。

「おかえり……え、びしょ濡れじゃない！」

リビングから顔を出したお母さんが大きな声を上げて、慌てて洗面所へ行った。そしてバスタオルを持ってくると駆け寄ってくる。

「傘持っていかなかったの!?」

「……忘れちゃった」

頭からタオルをかぶって、顔を隠す。落ち込んでいることを悟《さと》られて、気を遣《つか》われたくない。

「いつもより帰り早いけど、部活じゃなかったの？」

お母さんの指摘に、どきりとした。けれど極力平然を装いながら、私は嘘《うそ》をついた。

「今日は早めに終わったんだ」

「そうなのね。制服、お風呂場《ふろば》の乾燥《かんそう》機能で乾《かわ》くといいんだけど。早く脱《ぬ》いでお風呂入っちゃいなさい。風邪《かぜ》引くから」

「うん」

信じてくれたようで、ホッとした。玄関で靴下を脱いでから、そのままお風呂場へと向かう。重たい制服を脱ぎ捨てて、温かなシャワーを頭からかぶりながら、先ほどのことを思い出して涙が流れる。

演技をするのが怖いなんて、初めてだった。

「っ……ぅ」

今まではすぐに気持ちを切り替えることができたはずなのに。誰かに笑われることが辛《つら》くて胸の痛みが消えない。


翌朝、制服はなんとか乾いたものの、昨日いろいろとありすぎて登校するのは気が重かった。

あんなふうに突《つ》き放してしまったので、学校でちゃんと珠里にも謝らないと。だけどどう説明しよう。珠里にも福楽くんのことをあまり話したくない。演技を笑われたなんて知ったら、珠里や演劇部のみんなを不快にさせて傷つけてしまうかもしれない。それに神谷さんにも、昨日のことは誤解だって言わないと。

「えー、マジ?」

教室へ行くと、教室から笑い声が聞こえてくる。

自分のことかもしれない。笑い声がするだけで、そう思ってしまい足が進まなくなった。けれどいつまでも廊下で立ち尽くしているわけにもいかず、教室の中へ足を踏み入れる。

すでに福楽くんたち野球部の男子は登校していたけれど、お喋りに夢中になっていて私に見向きもしなかった。

だけど昨日の放課後のように絡まれたらと思うと、不安でたまらなかった。

席につくと、斜《なな》め前の神谷さんの席に女子三人組が集まっているのが目に留まった。

そしてチラチラと私を見てくる。

「あの子と付き合ってなくてよかったじゃん」

「けど、聞かれたとき素直に言えばいいのに。嘘ついて裏で仲良くするとかありえなくない?」

途切れ途切れだけれど、会話が聞こえてくる。彼女たちが話しているのはおそらく私のことだ。

付き合っている誤解は解けても、別の誤解をされているようだった。私が福楽くんに好意があることを否定したのに、実は好きで神谷さんに隠れて親しくしていたと思われている。

違うと言っても、信じてもらえなくて関係が悪化するかもしれない。だけど、このままだと一年間気まずいまま過ごすことになる。

事情を話す決心をして、顔を上げた。

「かみ……っ」

あれ？　なんか変だ。

声が掠《かす》れて、思うように話せない。喉の調子が悪いのかと思ったけれど、痛みなどは一切なかった。

今朝、家ではお母さんと会話をしたときはいつも通り声は出ていたのに、どうしたんだろう。

「花澄、ちょっといい？」

背後から私を呼ぶ声がした。振り返るとドアの付近に珠里が立っている。

昨日、途中《とちゅう》で帰ってしまったことをちゃんと謝らないと。

珠里とふたりだと思っていたけれど、廊下に出ると演劇部の二年の子たちもいた。

「昨日どうしたの？」

私が逃げるように帰ってしまったことを気にして、教室まで来てくれたようだ。動転していたとはいえ、昨日のうちにメッセージを送っておくべきだった。

自分のことばかりで、あのときの私の行動のせいで周りを混乱させてしまったことを考えていなかった。

「なんで先帰ったの？」

「体調が悪かったとか？」

「き、の……」

やっぱり声が上手く出ない。

なかなか答えない私に、だんだんと彼女たちの表情が曇《くも》っていくのがわかった。

せめて声が出しにくいことを、文字を打って伝えよう。そう思ってスマホを取り出した。

「花澄」

スマホを持つ私の手を珠里が掴む。

「なんでスマホいじってんの。さっきからなにも言ってくれないし」

非難する珠里の眼差しに息をのんだ。周りの子たちも困惑《こんわく》した様子で、私と珠里の顔色をうかがっている。珠里たちにとっては、私の態度が悪く見えるのは当然だ。

「む……して……くて」

――無視してるわけじゃなくて、声が上手く出ないの。

そう伝えたいのに、やっぱり掠れて聞き取りづらい声になってしまう。

予鈴《よれい》が鳴り響き、珠里は軽く私の腕を叩いた。

「……とりあえず体調大丈夫そうならよかった。また部活のとき話そ！」

自分のクラスに帰っていく珠里の後ろ姿を見送っていると、他の演劇部の子がこそっと教えてくれた。

「昨日珠里が花澄と喧嘩《けんか》したんじゃないかって、先輩たちに言われてたんだよ。あとで先輩たちにも説明したほうがいいかも。じゃあ、私たちも行くね！　またあとで！」

私のせいで珠里に迷惑をかけてしまった。ちゃんと謝らないと。

ひとり廊下に立ち尽くしながら、喉元に手を当てる。放課後までに治るだろうか。

休み時間のたびに、神谷さんたちからの視線を感じる。そしてすれ違ったとき、神谷さんが言葉を吐き捨てた。

「私、嘘つき嫌《きら》いなんだけど」

私に向かって言ったのだと思う。ますます萎縮《いしゅく》してしまい、俯きながらトイレへ駆け込む。もう福楽くんが声をかけてきませんようにと何度も祈《いの》った。

お昼になると、私はお弁当を持って廊下に出た。いつもは教室で食べる女子たちの輪に入って食べていたけれど、声のこともあるので今日はひとりで食べるつもりだった。

けれどタイミング悪く、福楽くんと廊下で鉢合《はちあ》わせてしまった。

「竹内どこで食うの？　いつも教室で食ってるよな」

呼び止められて、私は顔が強張る。すぐ近くには神谷さんの姿もあった。またコソコソと神谷さんたちがなにかを話している。

「なんでひとり？」

――嫌だ。やめて。福楽くん、声をかけないで。

構わずに放っておいてほしい。だけど、福楽くんは私の気持ちを察することなく、話し続ける。

「あ、てかさ今日放課後にカラオケ行く予定なんだけど……」

私の腕を掴もうとした福楽くんの手を、誰かが掴んだ。

「福楽、早く購買《こうばい》行かねぇとパンなくなる」

吉永くんが間に入るように立っている。福楽くんは慌てた様子で「焼きそばパン！」と声を上げた。

一瞬、吉永くんと目が合う。そして口パクで、なにかを伝えてきた。

――早く行け。

そう言ってくれている気がして、私は軽く頭を下げてから早歩きで足を進めていく。

歩きながら、吉永くんの口パクを思い出す。

――早く行けじゃなくて、どっか行けだったのかな。

購買に行きたい吉永くんにとって、福楽くんが私と話しているとパンがなくなってしまうから、迷惑《めいわく》だったのかもしれない。それでも彼が間に入ってくれたおかげで、福楽くんから解放された。

二年生の教室がある階から、非常階段に出られる。そこなら誰もいないはず。廊下の突き当たりまで行くと、私は灰色の扉を開けた。

非常階段には、眩《まばゆ》い太陽の光が降り注いでいて、息苦しい室内とは別世界のように感じた。

深く息を吸い込むと、気持ちが落ちついていく。ひんやりとした階段に座り、私はお弁当箱を開ける。あまり食欲がわかない。

お母さんは料理が苦手だけど、私のためにいつも早起きをして作ってくれていた。そんなお弁当を残すことはできなくて、私は口の中におかずを詰め込んでいく。

食べ物を喉に通すのって、こんなに大変だったっけ。

ブレザーに入れていたスマホが振動《しんどう》して、画面を確認する。

送り主は珠里だった。

【さっきは責めるようなこと言ってごめんね】

私はすぐに返事を打つ。

【私のほうこそ、昨日はごめんね。ちょっと体調が悪くって】

【新歓《しんかん》の準備でずっと忙しかったし、疲《つか》れも溜まるよね～】

声を早く治さないと、役のオーディションにも参加できない。そしたら今年は、裏方に回ることになるだろうか。悲しいけれど、それとは別に安堵《あんど》する。もう笑われずに済む。こんなことを考えてしまうなんて最低だ。

【今日、部活終わったら一緒に帰ろ！】

【でも今日って三輪くんと約束ある日じゃなかった？】

付き合って七ヶ月記念日で、部活の後にデートをすると前に話していたはず。

【別の日にしてもらったから、大丈夫！　今日は花澄と一緒に帰りたい気分なの！】

昨日のこともあり、珠里が気にかけてくれているみたいだった。せっかくの記念日なのに、申し訳ない気持ちにもなったけれど、珠里の優しさを無駄《むだ》にしたくない。

私たちは部活の後に、一緒に帰る約束をした。

そして部室でみんなにすぐに伝えられるように、何度も声に関する文章を考えた。

全てを話すのではなく、声が出にくいことだけを説明しよう。今朝のようにスマホをいじっていて話を聞いていない誤解を与《あた》えないように、事前に文章を打っておいた。


幸い授業で当てられることも、話さなければいけないこともなく、一日がすぎていく。けれど、平穏《へいおん》とは言い難い。神谷さんたちとすれ違うと肩がぶつかったり、舌打ちをされる。そんなことが積み重なり、心がすり減っていく。

「竹内さん」

帰りのホームルームが終わると、神谷さんと仲のいい女子に声をかけられた。

「瑠那《るな》に謝ったほうがいいよ」

瑠那とは神谷さんのことだ。彼女は声を潜めながら、横目で少し離れた位置にいる神谷さんを見やる。

「竹内さんが嘘ついたってキレてたし、瑠那って一度怒ると厄介《やっかい》だから」

胸のあたりがざわつく。穏便《おんびん》に済ませるためには、謝ったほうがいいのはわかっている。

だけど、私が福楽くんのことが好きというのは、神谷さんの勘違いなのに形だけの謝罪に意味はあるのだろうか。

それに私は嘘なんてついていない。

「あとさ、福楽って女子との距離《きょり》近いから、勘違いする子も多いみたいだけど、適当に流したほうがいいよ。あいつ、深い意味なくからかうようなとこあるから」

それだけ言うと彼女は、神谷さんの元へ歩いていく。

悪意がなかったら、からかうことは許されるの？

やめてと言えば、ノリが悪いと返されて、福楽くんの気まぐれによって振り回されている。福楽くんはこういう人だからと、みんなは言うけれど、私の気持ちを誰も知ろうとしてくれない。

「あの話、嘘ってバレたんでしょ？」

「誤魔化《ごまか》さなきゃ、こんな大事にならなかったのにね〜」

聞こえてくる話し声に耳を塞《ふさ》ぎたくなった。自意識過剰だってわかっている。みんな私のことなんて見ていないし、別の話をしている。それなのに私のことを言われている錯覚《さっかく》を起こしてしまう。

消えてしまいたい。周りの声を聞きたくない。

教室を出ていこうとした神谷さんと目が合う。私を睨《にら》み、なにか呟《つぶや》いたのがわかった。

これ以上悪化する前に、神谷さんともう一度話をしないと。そう思って立ち上がり、口を開く。

「——っ」

——神谷さん！　本当に誤解なの！　私、裏で仲良くなんてしてないよ。

必死に訴《うった》えようとしても、空気だけが抜けていき、口をぱくぱくとさせることしかできない。喉になにかが詰まったかのように、声が全く出なかった。

そんな私に気づいた近くにいた女子たちが、奇妙《きみょう》なものを見るような目を向けてきた。

「え、なにあれ」

「怖いんだけど……」

咄嗟に手で口を隠すように覆《おお》う。目の前が白く点滅《てんめつ》して立っていられなくなり、崩《くず》れ落ちるように床に座り込んだ。

冷や汗が滲み、視界が歪んでいく。人目が気になって、せめて椅子に座らなくちゃと思ったけれど、意識が遠のいていった。


気がつくと、白いカーテンに囲まれたベッドの上にいた。身体がだるい。自分がどうしてベッドで眠《ねむ》っていたのかわからず、ぼんやりとした頭で起き上がった。

カーテンの向こう側を覗《のぞ》き込む。どうやらここは保健室のようで、先生がデスクでノートパソコンを開いて作業をしていた。

「大丈夫？」

私に気づいた先生が声をかけてくれる。

「教室で倒《たお》れて、ここまで運ばれてきたのよ。隈《くま》もできてるし、最近寝不足だったんじゃない？」

壁《かべ》にかかった時計を見ると、六時をすぎている。二時間近く眠っていたみたいだ。

「親に連絡《れんらく》する？」

――ひとりで帰れるので大丈夫です。

一言も発することができず、口が動くだけだった。背筋にぞわりとした悪寒が走る。

勘違いじゃない。本当に声が出なくなっていた。

「……大丈夫？　まだ頭ボーッとする？」

私を見る先生の目が、教室でクラスメイトたちが気味悪そうにしていた姿を重なる。

お辞儀をしてから、私は逃げるように保健室を出た。

蛍光灯《けいこうとう》に照らされた廊下を走ると、上履きを叩きつける音が響く。踵《かかと》は床に当たるたびに、痺《しび》れるような振動が来る。薄暗い階段を駆け上がって、二年生の教室がある階まで行くと膝に手をついた。

息が上がり、荒《あら》い呼吸を繰《く》り返す。

声が出ないのは風邪のせい？　ひょっとしたら喉の病気？　だけど喉に痛みはない。私の身になにが起きてるのかわからず、不安が膨れ上がってくる。

置いたままの鞄を取りに教室まで戻ると、電気は消されていて真っ暗だった。

時間帯が違うだけで、別の場所に見える。気味が悪くてすぐに鞄を肩にかけると、ロッカーへ向かった。

まだ身体のだるさを感じながら、靴を履き替える。あることを思い出して、私は慌てて鞄からスマホを取り出した。着信が何件か来ている。全て珠里からだ。

部活を無断でサボってしまったことと、珠里との約束を思い出して血の気が引いていく。

――どうしよう。

声が出ないので電話がかけられないため、メッセージを送るしかない。文章を考えていると、通りかかった先生に「早く帰りなさい」と注意を受けてしまった。

ひとまず学校を出て、夜道を歩きながら頭の中でどう説明するかを考える。

倒れて部活に行けなかっただけではなく、珠里との約束も破ってしまった。

駅のホームまでつくと、電車を待っている間に珠里へのメッセージを打つ。

文章を読み返すと、言い訳のように見えて消していく。納得のいく文章ができなくて何度も書き直した。

早く珠里に送らないと。焦《あせ》りでスマホを持つ手が微かに震える。

後ろを横切った人と肩にかけていた鞄がぶつかってしまい、身体がよろけた。そして手のひらからスマホが滑《すべ》り落ちてしまった。拾おうとしたタイミングで、人の靴に当たってスマホがベンチの下まで転がっていく。

取りに行こうとすると、背後から私を呼ぶ声がした。

「花澄、なにしてんの」

振り返ると、眉《まゆ》を寄せて私を睨みつけるように珠里が立っている。

「何度も連絡したんだよ！　なんで部活サボったの？　今日私と約束だってしてたのに」

――ごめんなさい。

そう伝えたいのに、声が出ない。スマホも手元にないので、伝える手段がなかった。

「なんでなにも言ってくれないの？　最近変だよ。昨日だって途中で帰っちゃったし、今朝だって上の空だったじゃん」

早く事情を説明しないと、誤解が大きくなってしまう。もどかしくて、下唇《したくちびる》を噛《か》みしめた。

「さっき福楽たちがクラスの子たちとカラオケから出てきたの見たんだけど、もしかして花澄も一緒だったの？」

そういえば、昼休みに廊下で福楽くんが今日カラオケに行くと言っていた。だけど、一緒に行くほど私は彼と親しくない。違うよと首を横に振るよりも先に、珠里が口を開く。

「最近仲いいんでしょ」

珠里のところにまで妙な噂《うわさ》が流れているのだと知り、軽く目眩《めまい》がする。

「破るなら、最初から約束なんてしないでよ」

なにも答えない私に呆れたようにため息をつくと、珠里が横切っていく。駅に電車が停車し、降りてくる人に流されて私と珠里の距離が開いていった。

――待って！

口を開いても息だけが溶《と》けていく。スマホを落としたまま電車に乗り込むわけにもいかず、ベンチのところまで拾いに行くと電車のドアが閉じてしまった。ガラス越《ご》しに見える珠里は、私と目も合わせてくれない。

そのまま電車を見送ることしかできなかった。

【珠里、本当にごめんね。体調が悪くて連絡ができなかったの。カラオケには行ってないよ】

メッセージを送っても、返事が来ない。カラオケに遊びに行ったのを隠すために嘘をついていると思われているのかもしれない。

『私、嘘つき嫌いなんだけど』

神谷さんの言葉が、珠里の声に変換《へんかん》されて脳内で響く。

違う。嘘なんてついてない。だけどどうしたら信じてもらえるの？

家につくと、「ただいま」と声が出た。

戸惑いながら、何度か「あ」と一言声に出してみる。やっぱりなんの違和感もなく話せる。

「どうして……」

「え？　なに？」

私の呟きに反応したお母さんに、「なんでもないよ」と笑いかける。けれど内心混乱していた。

学校や駅では全く声が出なかった。それなのに今は嘘みたいにするりと声が出る。

お母さんの前ではなるべく平然を装い、自分の部屋に入ってから、声を出してみる。

「あ、あー」

自分の身に、なにが起こっているのかわからなかった。けれど、間違《まちが》いなく風邪やただの喉の不調じゃない。

不安に駆られて、スマホを使って検索《けんさく》をかける。

けれど、声が出なくなるだけでは、風邪に関する情報ばかりだった。

検索ワードに学校を追加すると、ある記事がヒットした。

「場面緘黙症《ばめんかんもくしょう》……？」

初めて見る言葉だった。内容は特定の場所で、不安や緊張から話せなくなる症状《しょうじょう》と書いてある。これに当てはまるかもしれない。

今度は場面緘黙症と打って、さらに詳しく検索をかけていくと症例《しょうれい》が出てきた。

ある女性が高校生の頃に場面緘黙症になったことが書かれていて、クラス替《が》えで馴《な》染《じ》めず孤立《こりつ》していったことや、部活での対人関係が拗《こじ》れてしまったことなどが重なり、発症《はっしょう》したそうだ。

私の場合、原因として考えられるのは、クラスで福楽くんにからかわれたこと。それがきっかけで演技をすることが怖くなった。そして福楽くんのことが好きだと誤解されて、神谷さんとの関係が悪化したことだ。

この人がどうやって完治したのか、記事の最後に書いてあった。

親に打ち明けて、カウンセリングを受けることになったそうだ。その結果、部活を辞める決心をして、クラスでも無理に人と上手くやろうと考えるのをやめたらしい。

原因から距離を置いたことによって、時間はかかったけれど大学生になった今では同級生と話せるようになったと書いてある。

治療《ちりょう》方法は人によって様々で、自然と治ると場合や、カウンセリングを受けたほうがいい人もいるらしい。

私の発症した原因が、演技を笑われたことだとしたら、演劇部を辞めてクラスでの人間関係を気にしないようになったら解消されるのだろうか。

目眩がするような絶望感に押し潰されそうになり、私はドアにもたれかかるように座り込む。

「……っ」

嘘であってほしい。どうか明日になれば治っていますように。

必死に両手を握り、心の中で祈る。

中学の頃から演劇部でずっと頑張ってきた。それなのに退部をしないと、声が治らないかもしれないなんて。今まで演劇から離れることを、私は考えたこともなかった。だけどもう、演技を心から好きだと言う自信がない。それでも私にとって演劇部は大事な居場所で、手放したくなかった。

そして、明日になれば治っているかもしれないという淡《あわ》い希望は打ち砕《くだ》かれて、私はこの日から学校で声を失ってしまった。

私は声が出ないのを風邪だと誤魔化すように、マスクをして登校するようになった。それに顔が半分隠れていると、安心感がある。

五月の二週目に入った今も、部活へ行けていない。珠里から返事が来ることもなかった。

でも、このまま部活を休み続けるわけにもいかない。早く退部届をもらいに行くべきなのに、決断しきれない自分がいる。

休み時間になった教室は賑やかで、声を失った私だけが色あせた存在のように思える。ここにいるのに、透明《とうめい》人間にでもなったような気分だ。

細長いなにかがゆらりと目の前までやってきて、私の机の上に置かれた。

「これ、竹内の？」

突然のことに目を瞬《またた》かせながら、置かれたものを見やる。持ち手が黒く、蓋《ふた》のところが黄緑色。蛍光《けいこう》マーカーのようだった。

視線を上げると、そこには吉永くんが立っていた。

静かに私を見下ろしていて、息をのんだ。クラスの輪の中心にいるような吉永くんを無視したと誤解されたら、教室での居場所を今以上に失う。

慌てて私のじゃないよと言おうとして、口を開いたものの空気だけが漏れる。

「――っ」

やっぱり声が出ない。たった一言答えるだけなのに、今日もダメみたいだ。マスクをしていてよかった。

言葉で伝えるのは諦《あきら》めて唇《くちびる》を結び、違うという意味を込めて首を横に振った。

話さないことを変に思われていないか不安で、彼の顔色をうかがう。特に気にしていないようで、吉永くんは蛍光マーカーを持ったままあたりを見回している。

「誰のだろ」

頷いたり、首を横に振るだけでは会話が成立しない内容だ。

無反応でいたら無視をしているみたいになってしまう。なにか反応をしないと。でも方法が思いつかない。

再び吉永くんの視線が私に向けられて、身構える。

「なあ、最近――」

なにかを言いかけたときだった。

「前原くんのじゃない？」

割って入るように聞こえてきた声に、私はびくりと身体を震わせた。

この声は神谷さんだ。直接なにか言われることはなくなったけれど、目が合うといまだに睨みつけられる。背後に彼女がいるのだと思うと、私は呼吸が止まりそうになった。

名前を呼ばれたことに気づいたらしく、私の前に座っていた前原くんが振り向く。

「このペン落とした？」

「あ、それ俺の！　ありがと」

蛍光マーカーは持ち主に戻り、吉永くんは自分の席へと戻っていった。

椅子の脚《あし》に衝撃が来る。誰が蹴《け》ったのか、振り返らなくても予想がついた。うんざりとしてため息が漏れそうになる。神谷さんの嫌がらせに反応するだけ無駄だ。私の全てが彼女は気に食わないのだと思う。


帰りのホームルームが終わり、廊下に出ると演劇部の部員たちが階段を下っていくのが見えた。

「珠里〜、飲み物買ってから部室行っていい？」

「おっけ。あ、私も購買でお菓子買おっかな〜！」

前までは私もあの輪にいて、楽しく過ごしていた。それなのに今は話しかけることすらできない。

一瞬、演劇部の子と目が合った。けれどすぐに逸《そ》らされてしまう。針に刺《さ》されたように胸が痛み、ぐっと涙を堪える。

右手で喉元に触れながら、声を出してみようと試みるけれど、やっぱり話すことができない。

ブレザーのポケットに入れていたスマホが振動する。通知を確認すると、演劇部で作ったトークルームだった。

【部活に出る気ないなら、グループから退出してもらってもいい？　部活の連絡事項《じこう》とかをここで話したいから】

三年の先輩からのメッセージに、私は硬直する。

無断で休んでいて、部内の空気を悪くしている私がいると連絡がしづらいのはわかる。悪いのはなにも話さずに逃げていた私だ。

【戻る気があるなら、今日から部活に出て】

みんなの前で、声が出ない事情を話す最後のチャンスかもしれない。

だけど、声が出なくなった原因を聞かれても、演技を心から好きなみんなに演技をすることが恥ずかしくなったなんて言えない。

部活をサボってしまった理由や、カラオケに行っていないことだって、みんなに伝えたところで嘘だと思われるかもしれない。実際私が珠里に送ったメッセージにも、返事はずっと来ていないのだ。

本当のことを話しても、信じてもらえないことが辛くて、伝えることが怖くなる。

それに私の声は、演劇部を辞めないと戻らないかもしれない。

【迷惑をかけて、ごめんなさい】

自ら退出ボタンを押して、震える指先でトークルームの退出ボタンを押す。

こんな選択《せんたく》しかできない。楽しい思い出が詰まったトークルームには今までの写真や動画などがたくさんアルバムにまとめられていた。けれどもうそれを私は見ることはできない。自分で手放してしまったくせに、後悔が押し寄せてくる。

鼻の奥がツンと痛み、トイレの個室に駆け込んだ。

個室のドアにもたれかかり、泣き叫ぶように口を開いても声は出ない。マスクに涙が染みていく。

演技を好きなままでいたかった。こんな惨《みじ》めで恥ずかしい自分になんてなりたくなかった。今までのように、みんなと笑って過ごしていたかった。

涙が収まってから、教室に戻った。放課後の誰もいない空間で、私は席に座ってぼんやりとする。泣き疲れて、身体も目蓋《まぶた》も重たい。

演劇部にはもう戻れない。声が出ないという問題以外にも、私は居場所を自ら手放してしまった。

ノートを一枚破り、顧問の典子《のりこ》先生に向けて、退部したいということを書いていく。場面緘黙症について書くか迷ったけれど、勉強との両立ができないためと綴《つづ》る。

どうせ辞めるんだから、本当のことなんて話す必要ない。ちょっと投げやりな気持ちになりながら、手紙を書いて二階の職員室まで届けに行く。

典子先生の席は、職員室のドアを開けてすぐ横にある。

今の時間帯は、部活のため姿はなかった。他の先生に気づかれる前に典子先生の机の上に折りたたんだ手紙を置いて、すぐに職員室を出た。

お母さんは部活に行っていると思っているため、家に真っ直ぐ帰るわけにもいかず、人が少なくなった校内をふらつく。

お母さんに部活を辞めることを言ったら、理由を聞かれるはずだ。

なんて説明しよう。心配をかけないような理由にしたい。だけどそれって、嘘をつくことになる。でも、今だって私は部活に行っているフリをしているのだ。

——私って、嘘つきなのかな。

心が不安定になって、考えるだけで涙が出てきそうだった。時間が経つにつれて、なにもかも私が悪いのかもしれないと思えてくる。

適当に歩いていたつもりだったけれど、最近お昼によく行く非常階段にたどりついた。

灰色の扉を開けて、外に出ると深呼吸をする。涙で濡れたマスクを外したいけれど、学校で取ることに抵抗があった。誰もいなくても、これがないと落ちつかない。

階段を下がろうとすると、どこからかニャーという鳴き声が聞こえた。手すりを持って、覗き込むようにして下を見る。白くて細長いなにかが動いていた。あれはおそらく猫《ねこ》の尻尾《しっぽ》だ。

白猫《しろねこ》が姿を現すと、視線に気づいたようにこちらを見上げた。金と青の瞳が綺麗《きれい》で見入ってしまう。夢中で見ていたからか、前のめりになっていた身体のバランスが崩れかける。

「おい！」

後方から怒鳴《どな》り声が聞こえた。けれど反応するよりも先に、思いっきりなにかに引っ張られて、視界がぐるりと回る。

軽く身体に痛みはあったけれど、それよりも目の前の現実に衝撃を受けた。

非常階段の踊《おど》り場に私は仰向《あおむ》けになっていて、見覚えのある男子が覆いかぶさるように私を見下ろしていた。

焦りを含《ふく》んだ薄茶色の瞳に、日差しを浴びて金色のように見えるさらさらの髪。

時が止まったかのように、私はじっと彼を見つめる。

「なにしてんだよ！」

――吉永くん。

どうして彼がここにいるんだろう。

なにも答えない私にさらに苛立《いらだ》ったのか、吉永くんが眉を寄せた。そして私の上から起きると、力抜けたようにその場に座り込む。

「なんであんなことしようとしたんだよ」

言葉の意味が理解できなかった。私は彼と同じように身体を起こして、踊り場に座って首を傾《かし》げる。

「……飛び降りようとしたんじゃねぇの？」

――違うよ！

慌てて私は首を横に振った。吉永くんの焦りの意味がわかって納得する。他の人が見たら、確かにあれはそう見えるかもしれない。

「なんだ、違うのかよ……」

深く息を吐いた吉永くんが柵《さく》に寄りかかる。

「てか、こんなとこでなにしてんの。部活は？」

言葉にすることができず、視線を逸らした。沈黙が流れる。なにも答えない私を、吉永くんは不審《ふしん》に思うだろうか。

「暇なら、俺に付き合って」

予想外の言葉に固まっていると、吉永くんが立ち上がった。

──待って、付き合うってどこに？

聞きたいことはいろいろあったものの、それができなくてもどかしい。

「行くぞ」

一緒に過ごすのは彼の中で決定事項のようで「早く」と急かされて立ち上がる。

吉永くんの勢いに乗せられるがまま、学校を出た。

彼の半歩後ろで俯きがちに歩く。いまだに状況《じょうきょう》が掴めずにいた。

「竹内は行きたいとこねぇの？」

すぐには思い浮かばない。少し前までは放課後は部活だったし、それ以外の日は家に真っ直ぐ帰ることや珠里の家に寄ることが多かった。

──今私はどこへ行きたくて、なにがしたいんだろう。

空気を掴むように手を握りしめる。演劇部から離れた私に残っているものは、なにもない。

「そんな重く考えすぎんなよ」

答えられずにいると、吉永くんが立ち止まって苦笑した。

「竹内が思うまま行動すればいいじゃん」

それでもなにも言わない私に、吉永くんは「じゃんけん」と言ってくる。よくわからないまま。じゃんけんをすると私がグーで吉永くんがパーだった。

「じゃあ、俺が行きたいとこ行く」

吉永くんの自由さは、私にはないものだった。街をひとりでふらつく勇気もなくて、学校の中で私は閉じこもるように時間が経つのを待っていた。

吉永くんが私の腕を引く。立ち止まっていた足が前へ出て、地面ばかり見ていた顔が自然と上がる。

入り口にずらりと商品が並べられている薬局や、古びて色あせた黄緑色の眼科の看板。塗装が剥げたガードレールが連なった道。

見慣れたはずの通学路を懐かしく思えるのは、声が出なくなってから私は景色を見て歩いていなかったからかもしれない。

不思議と足取りが軽くなる。落ち込んで悩んでいたことを一旦《いったん》考えずに、思うまま歩いてみる。

——今日って雲ひとつない晴天だったんだ。

腕に触れている手が、そっと離れていった。

彼の横顔をちらりと見やる。吉永くんは、あまり関わりのない私と一緒に過ごすのが気まずくないのだろうか。

十分ほど歩くと、駅ビルが見えてきた。中に入ると、エスカレーターで五階まで上がる。吉永くんはおもちゃ売り場の前で立ち止まった。

子連れの親子ばかりのこの空間で、高校生である私たちは場違いな気がして、落ちつかない。

「俺、これやってみたかったんだよ」

吉永くんが指をさしたのは、ポップコーンの機械。幼児向けのもので、お金を入れてレバーを回すと、ポップコーンができるというものだ。

——あの吉永くんがこれをやりたかったの？

学校ではあまりふざけたり、大きな声を出して笑ったりしないようなタイプの彼が、子ども向けのもので遊びたいなんて意外だった。

「竹内、回す係な」

――え、私が回すの？

言いたいのに言えず、目を瞬かせる。

吉永くんがお金を入れると、機械にライトが灯った。ポップな音楽が流れて、キャラクターの声で操作の説明をしてくれる。

よーい、スタート！という声が聞こえると、横から「竹内、回して！」と急かされる。

私は必死にレバーを回す。けれど幼い子ども用なので、そこまで必死にならなくてもすぐに完了ボタンが光った。

「なんだ案外早くできあがったな」

子どもたちが興味《きょうみ》津々《しんしん》といった様子で私たちを見ていて、ちょっとだけ恥ずかしい。

取り出し口を開けると、カップに入ったポップコーンがあった。キャラメル味のようで、甘《あま》い匂《にお》いが広がっていく。

「向こうで食おう」

エスカレーターの近くにあるベンチに座ると、吉永くんがポップコーンを私に差し出してきた。私は両手を横に振って、大丈夫とジェスチャーをしてみる。

「キャラメル嫌いじゃないなら、食ってよ。ひとりで全部食うには多いし」

それならと鞄からお財布を取り出そうとすると、その手を止められた。

「いいから、冷める前に食おう」

逆に気を遣わせてしまっているようで、頷いてからポップコーンに手を伸ばす。

甘い味が口の中に広がって、頬が緩む。キャラメルポップコーンなんて久しぶりに食べた。

遠い存在だった吉永くんと、こうして放課後を一緒に過ごしているなんて不思議な感覚で、いまだに頭の整理がつかない。それに、こんなふうに寄り道をすることは滅《めっ》多《た》になかったので新鮮《しんせん》だ。

「ここ俺が子どもの頃からあったんだけど、ポップコーン作りたいって言っても、親にダメって言われて作らせてもらえなかったんだよ。だからいつか絶対作りたくて。ようやくやりたいこと達成した」

絶対やりたかったことがポップコーン作りなんて、私の中にある吉永くんのイメージとは、大分異なっている。

「で？　部活休んで非常階段でなにしてたんだよ」

——それは……。

吉永くんの指摘に、視線を泳がせる。なんて話せばいいのかも思い浮かばないけれど、そもそも声が出ないので答えることすらできない。

だけど、このまま無反応なわけにもいかない。

スマホで喉の調子が悪いと打とうかと考えたけれど、話を聞いていないと不快にさせてしまうことは避けたかった。

それにここは学校ではないので、さっきは驚いて咄嗟に声が出なかっただけで、今は話せるかもしれない。

そんな淡い期待を抱いて、口を開く。

――部活、辞めるつもりなんだ。

ぱくぱくと動くだけで、声は全く出ない。学校と同じ状態だ。珠里と駅で会ったときも出なかったので、もしかしたら同じ学校の生徒の前だと、学校にいるときと同じように声が出せないのかもしれない。

「最近ずっとマスクつけてるよな」

マスクのことを初めて誰かに指摘されて、息をのむ。動揺しないように風邪だと誤魔化したいのに手か微かに震えてしまう。

「それに喋ってないし。声、調子悪いのか？」

背筋に氷でも伝ったように、ひやりとした。ほとんど会話をしたことがなかった吉永くんにそこまで気づかれているとは思わなかった。

『なあ、最近──』

ペンを拾って話しかけてきたとき、このことを言おうとしたのだろうか。

私が頷くと、吉永くんは首を傾げる。

「風邪？」

このまま誤魔化すつもりだった。だけど、嘘をついたら見抜かれる気がする。吉永くんは演劇部ではないし、教室でからかってくることもない。私とは別の世界にいるような彼になら、気負うことなく声のことを打ち明けられるかもしれない。

それに孤独《こどく》で心が日々すり減っていた私は、誰かに話を聞いてほしかった。

私はスマホを取り出して、文字を打っていく。吉永くんを見やると、特に不満そうにすることもなく、ただじっと待ってくれていた。

【風邪というか、不調なんだ】

画面を見せると、吉永くんが眉を寄せた。

「それって大丈夫なのか？　演劇部で喉を痛めたとかじゃねぇの。病院に行ったほうが……悪い、余計なこと言った？」

そんなことないと首を横に振る。吉永くんの眼差しからは、本気で心配してくれているのが伝わってきた。

【心配してくれて、ありがとう】

吉永くんのことを、私はちょっとだけ苦手だった。

素っ気ない話し方や、時折感じる冷たい眼差しが強く印象に残っていたのだ。だけど、こうして接してみると、飛び降りると思って必死に止めようとしてくれたり、あまり話したことのない私の心配をしてくれるような親切な人だ。思い返せば、私が福楽くんに絡まれて困っていたときも、彼は助けようとしてくれたのかもしれない。

「喉の不調って、風邪とかじゃないなら、ストレスで声が上手く出ないとか？　前にテレビでそういう芸能人いたよな」

鋭《するど》い指摘に、私はスマホを握りしめる。手にじわりと汗が滲んで、答えに詰まってしまう。

「……もしかして、精神的なもの？」

彼にならなら話せるかもと思ったけれど、いざ文字にしようとすると緊張する。吉永くんはどんな反応をするのだろう。

【たぶん、精神的なものだと思う。同じ学校の人の前だと、声が出ないんだ】

顔色を変えることなく、真剣《しんけん》な表情で吉永くんが私が打った文を読んでいく。

「それって、家では声が出るってこと？」

【うん。親とはいつも通り話せるよ】

「もしかして、これが原因で今日部活休んでんの？」

【部活は、辞めようと思ってる】

吉永くんは、目を丸くして固まってしまった。

「部活……辞めんの？　マジで？」

声が出なければ演劇部は続けていけないのだから、辞める選択をするのはおかしな話ではないはずなのに、彼がここまで驚いているのは意外だった。

打ち明けてから、我に返って血の気が引いていく。吉永くんがからかうような人じゃなくても、黙《だま》っていてくれる保証はない。先に秘密にしてって約束をしてもらえばよかった。

微かに震える指先で、私はスマホに文字を打つ。

【お願い。誰にも言わないで。声が出せないって周りには知られたくない】

画面を見せると吉永くんは、なにかを考えるように黙り込んでしまう。十秒ほどの間に焦りを覚える。これで断られてしまったら、私にはどうすることもできない。

「わかった」

吉永くんの言葉に、忙しかった感情が落ちついていく。ありがとうと打とうとすると、「でも」と吉永くんが言葉を続けた。

「その代わり、欲しいものがある」

突然の交換条件に身構える。私が彼にあげられるものなんてあるのだろうか。

——なにか奢ってほしいとか、それとも課題を代わりにやってほしいとか？

そのくらいしか思い浮かばなかった。

戸惑う私に、吉永くんは微かに笑みを浮かべる。

「竹内の三ヶ月」

意図が理解できず、首を傾げた。

「とりあえずさ、放課後暇なときは俺のやりたいことリストに付き合って」

【やりたいことリスト？】

「放課後を使って、やってみたいことがあるんだ」

【私といてもスマホでしか話せないし、つまらなくない？】

吉永くんは友達がたくさんいるし、彼が声をかけたらすぐに人が集まるはずだ。それなのにスムーズに会話もできず、共通の話題もない私と過ごすのは、彼にとって退屈《たいくつ》な時間になってしまう気がする。

「つまらなくないけど。竹内といると落ちつくし」

私は吉永くんにとって、ただのクラスメイトでしかない。一緒にいて落ちつくと言われても、それをそのまま鵜呑《うの》みになんてできなかった。

彼の真意がわからなくて、返答に困ってしまう。

【どうして三ヶ月なの？】

私の問いに吉永くんは「なんとなく」と答える。

「竹内の秘密を守る代わりに、お互い予定のない日は遊ぶ。簡単だろ」

【本当にそれだけでいいの？】

「いいよ」

放課後に吉永くんのやりたいことに付き合うだけで内緒《ないしょ》にしてもらえるのなら、私としてはありがたい。

それに、部活に行っていないことをお母さんに勘《かん》づかれないように時間を潰せる。

【私の三ヶ月を、吉永くんにあげる】

画面を見た吉永くんは、満足げに口角を上げた。

こうして時間を持て余した私は、三ヶ月間だけ放課後を吉永くんと一緒に過ごすことになった。

青い放課後

第二章　青い放課後

吉永くんと約束を交わしてから、連絡先を交換した。自分のスマホの中に〝吉永蛍〟という名前が入っているのが見慣れなくて、そわそわしてしまう。

下の名前、初めて知った。ほたるって読むのかな。綺麗な名前。そんな些細《ささい》なやりとりをする勇気もなく、心の中に留めておく。

気軽に送っていいのかわからない。やりとりをしたのは、昨日の夜に吉永くんから【また明日】と来て、私も同じように送り返しただけ。あまり会話を続けると面倒《めんどう》に思われるかもしれない。だけど会話をすぐに終わらせたのも、つまらないと思われただろうか。

まだ半分眠っている頭でぼんやりと昨日のことを考えていると、部屋のドアが勢いよく開けられた。

「花澄～！　あ、起きてるのね。おはよう」

ベッドの上で上半身を起こしている私に気づくと、お母さんが微笑《ほほえ》む。今日はいつもより起きるのが遅《おそ》かったようで、様子を見に来てくれたみたいだ。

「おはよう」

よかった。今日もお母さんの前で声が出た。

家でも学校のように声が出なくなる日が来るかもしれない。そう思って時々不安になる。

お母さんがリビングへ戻っていくのを確認してから、重たい身体を引きずるようにしてベッドから出る。最近学校に行くのが憂鬱《ゆううつ》だ。

声が出なくなって、いつ周りに不審がられるかわからない。福楽くんが近くにいるたびに、神谷さんたちに見られていないか不安になるし、演劇部の人たちとも顔を合わせづらい。

それに吉永くんの、やってみたいことってなんだろう。

身支度を整えてからリビングに行くと、ダイニングテーブルにはチーズがたっぷりのったピザトーストとオニオンスープが用意されていた。

「美味しそうだね」

私の言葉に、お母さんが嬉しそうに口元を緩める。

「この間、珠里ちゃんのお母さんがおいしいって勧《すす》めてくれたレシピなの。家族でハマってるんだって」

珠里の名前が出てきて、どきりとした。

「……そうなんだ」

中学の頃に私たちのお母さん同士も仲良くなり、時々会ってお茶をする仲だ。

お母さんの様子に変化はないため、珠里は私が部活に来ていないことを親に話していないみたいだった。

「いただきます」

ピザトーストを一口かじると、さくっと軽快な音がする。

パンの耳がほどよく焼けていて香ばしい。とろけたチーズにハムとピーマンが絡み、トマトソースの酸味がパンに染み込んでいる。

「どう？」

「おいしい」

「上手く作れたみたいでよかった！」

私のお母さんは料理が少し苦手で、料理が得意な珠里のお母さんから簡単に作れるおいしいレシピを教えてもらっている。

私と珠里の距離ができても、母親同士の繋《つな》がりもある。いつか部活を辞めたことを知られてしまったら、なんて説明しよう。私たちの仲が悪くなったら、お母さんたちも気まずくなってしまうだろうか。

「珠里ちゃんにもおいしかったって伝えておいて！」

「……うん」

伝えるのは難しいと言えなかった。

だけどこのままの状況を続けていくわけにもいかないし、お母さんにも部活を辞めることを伝えなくちゃいけない。

きっと理由を聞かれるはず。演劇に興味がなくなったと話しても、中学生の頃から私が演技を楽しんでいたことを知っているので、信じてはくれない気がする。

だけど真実を話したら、病気になったのではないかと心配をかけてしまう。それに声が出なくなった原因が同級生に笑われたことだと話せば、ショックを受けるだろうし、学校に連絡をしてしまうかもしれない。

学校の人たちに伝わってほしくない。けれど、それ以上に私が誰かに笑われるような存在なのだと両親に知られたくなかった。

＊　＊　＊

「竹内さん」

学校へ行くと、教室に入る直前に声をかけられた。黒髪を後ろで束ね、眼鏡をかけた女性が一枚の紙を持って立っている。顧問の典子先生だ。昨日の私の手紙を読んでいるはず。

いきなり部活を休み始めて迷惑をかけたのに、今度は一方的に辞めると言い出した。そのことへの罪悪感があり、目を合わせることができない。

「手紙読んだわ。本当に退部でいいの？」

唇を固く結んで頷く。

「……そう。残念だけれど、決めたのなら仕方ないわね」

退部届と書かれた紙を手渡《てわた》される。たった一枚の紙なのに、私にはそれが重たく感じた。ここに名前を書いて提出したら、私は演劇部ではなくなる。

「竹内さんにしかできない演技が私大好きだったの。だからね、戻ってきたかったら、いつでも戻ってきていいのよ」

優しすぎる典子先生の言葉に、私はぎこちなく微笑むことしかできない。

先生だって一度辞めたら戻るのは難しいことはわかっているはずだ。それに声が出なくなったことを打ち明けるのを躊躇《ためら》って、私は逃げ道ばかり探している。

誰かにとって些細なことだとしても、私にとって笑われたことは心を刺すように痛いことで、その傷を他人に晒《さら》すことが恥ずかしくてできない。

私は典子先生に頭を下げてから、退部届を持って教室に入る。ドアの近くで、ちょうど福楽くんと神谷さんのふたりと鉢合わせてしまった。

「え、なにそれ」

咄嗟に紙を隠しても、もう遅かった。退部届が見えてしまったようで、福楽くんが驚いた声を上げた。

「竹内、部活辞めんの？」

散々私をからかって笑っていたのに、困惑した表情を見せてくる。

——そんな顔をするくらいなら、どうしてあのときからかってきたの？

不満をぶつけたかったけれど、それもできずに退部届を持つ手に力を入れる。

「福楽が動画のせたからじゃない？　かわいそ」

神谷さんの声のトーンは上がっていて、面白がっているように感じた。

「え、もしかして俺があの動画消さなかったせい？　竹内、マジで嫌だった？」

動画のこともあるけれど、笑われたことや私に演技をさせようとからかってきたことなど嫌なことはいくつもある。だけど本人は自分のしたことが、私を追い込んでいるとは思ってもいないようだった。

「竹内さんも気にしすぎだと思うけど。てか、早く自販機《じはんき》行こうよ」

「神谷、先行ってて」

「でも」

「動画ってなに」

苛立ちを含んだ低い声がして、福楽くんと神谷さんの会話が止まる。

声の主は吉永くんだった。冷たい眼差しでふたりのことを見ていて、私は自分が睨まれているわけでもないのに震えそうになる。そのくらい吉永くんの機嫌が悪い。

「……竹内さんが演技してる動画、福楽がアプリにのせたの。それが嫌で竹内さん部活辞めるんだって」

――動画のことだけじゃないよ。

そう言えないのがもどかしい。

事情を聞いた吉永くんの表情が険しくなっていく。

「前に竹内が嫌がってたやつ？」

問いかけられて頷く。吉永くんはため息をつくと、低い声で「福楽」と名前を呼んだ。

「消せよ、今すぐ」

「わかったって」

苦笑した福楽くんは、すぐにスマホを取り出すと操作をし始める。

「今消したから、ほら」

「元動画も消せ」

「……これでいいだろ」

福楽くんは削除《さくじょ》ボタンを押した画面を私に見せてくる。

「竹内が部活辞めようと考えてるほど、嫌がってるって思ってなかった。本当ごめん！」

申し訳なさそうに頭を下げられて、複雑な気持ちになった。

私に悪意を持っていたのなら恨《うら》むこともできたけれど、本気で謝罪をしているのがわかって、責めることもできない。それに私は頷くことしか、リアクションがとれない。

私が頷いたのを見た福楽くんはホッとした様子で、もう一度「ごめんな」とだけ言って、神谷さんと一緒に教室を出ていく。

廊下のほうから神谷さんと楽しげに話している声が聞こえて、私は下唇を噛みしめた。

「竹内」

私を呼ぶ声がして振り向くと、吉永くんが心配そうにしている。

動画を消すために力を貸してくれた彼に、ありがとうとごめんねの意味を込めて、軽く両手を合わせる。

自分の席まで行くと、裏返した退部届の上に鞄を置いて、すぐに教室を出た。

早歩きで廊下を真っ直ぐ突き進んでいく。今はとにかく誰もいない場所へ行きたい。

灰色の扉を開けて、外にある非常階段に逃げ込む。

階段の端っこで膝を抱えながら、肺に溜まった空気を吐き出した。

堪えていた涙が、じわりと瞳に膜《まく》を張っていく。

動画を消してもらえたことは本当によかった。これでもう誰にも見られることはない。だけど安心とは別の感情が、ぐちゃぐちゃに入り混じっている。

――嫌がってると思ってなかった。本当ごめん!

福楽くんにとっては、大したことない出来事だったんだなと感じた。

悩んでいたのが嘘のように簡単に謝罪をされて、動画も消してくれた。

あまりにも呆気《あっけ》なくて、やるせない。それとも私が大げさに捉えすぎていた?

ちょっとした悪ふざけだと、笑って流すべきだったんだろうか。

扉が開く音がして、反射的に背筋が伸びる。

「竹内」

吉永くんの声だ。こちらへ近寄ってくると、階段を下り、私の一段下に座った。

「ごめん、ついてきて」

気にかけてくれているのが伝わってきて、私は首を横に振る。涙を服の袖《そで》で拭《ふ》こうとすると腕を掴まれた。

「目、腫《は》れる」

吉永くんはポケットからティッシュを取り出すと、それを私に差し出してくる。

「いらねぇの？」

彼がティッシュを持ち歩いていることが意外で驚いた。

一枚引き抜いて、涙を拭《ぬぐ》う。ありがとうと言おうと口を動かしても声が出ない。

たったの一言さえも私は言えない。

「謝られても、すぐには受け入れられないことだってあるよな」

私の心をすくい上げてくれるように、彼は穏《おだ》やかな口調で言葉を続ける。

「怒ったっていいと思う。誰だって、一生懸命《いっしょうけんめい》やってることをからかわれたら嫌だから」

受けた傷は完全には消えない。だけど吉永くんがこうして私の傷に寄り添《そ》ってくれようとしていて、複雑な心境を察して慰めてくれている。それが私にとっては救いのように感じた。

気持ちを伝えたいけれど、今はスマホを持っていない。

一段下にいる吉永くんの肩を、指先で軽くとんとんと叩く。

「ん？」

私の手のひらを見せると、吉永くんが首を傾げる。

「なに、手？」

吉永くんも手のひらをこっちに見せてきた。私は人差し指で、吉永くんの手のひらに文字を書いていく。

「あ、り、が、と、ぅ」

読み上げた吉永くんは、微かに笑みを浮かべた。

「どういたしまして」

普段は大人びた表情を見せることが多かった吉永くんの目尻が下がり、子犬みたいに人懐っこく見える。日差しに透《す》ける薄い茶色の髪が、さらさらと風に靡く。

生まれつき瞳も髪も黒い私とは違って、吉永くんは髪も瞳も色素が薄い。それがとても綺麗で、思わず指先を伸ばしてしまう。

細く柔《やわ》らかい吉永くんの髪に触れて、ハッと我に返った。すぐに手を遠ざけて、両手を合わせる。

「びっくりした」

先ほどよりも顔をくしゃっとさせて吉永くんが笑った。頬の温度が一気に上がって、勢いよく立ち上がる。そしてごめんなさいと頭を下げた。

「なにお辞儀してんの？　あ、そろそろ戻らないと予鈴鳴るかも。もう戻れる？」

大丈夫と伝えるために両手で丸を作る。

「じゃあ、戻るか」

先ほどまで心の中がぐちゃぐちゃだった。けれど、風に当たったからか、それとも吉永くんが言葉をかけてくれたからなのか、少しだけ心が落ちついていた。

教室に戻り、机の上に置いていた紙を表面にした。深く息を吐いてから、ペンを握りしめる。

これで本当に私は、演劇部じゃなくなってしまう。

役決めのときの期待と緊張感や、セリフを必死に頭に叩き込む日々。どう感情を込めて伝えるかをみんなで話し合って、真剣だからこそぶつかり合う人たちもいた。

一年のときは舞台用のメイクを練習してもなかなか上手くできなくて、濃《こ》すぎて先輩たちに大笑いされたこともある。衣装合わせでははしゃいでしまい、典子先生に叱られたこともあった。

思い出ひとつひとつが大切で宝物で、それでも今は懐かしむ気持ちよりも、胸の痛みのほうが強い。一度拗れた関係は、簡単には戻せない。

竹内花澄と書き終わり、机の中にしまう。

この退部届を提出したら、私は完全に部員ではなくなる。

そして放課後、職員室へ寄ろうとしたときだった。廊下に珠里がひとりで立っていて、私に気づくなりこちらに歩み寄ってくる。

「花澄」

私のことを待っていたようで、気まずそうにしながら珠里が視線を下げて口を開く。

「……部活、辞めるって本当なの？」

問いかけられても、私はなにも答えられない。

「せめて辞める前に話くらいしてくれるかと思ってた」

珠里の目には涙が浮かんでいる。怒っているというよりも悲しげで、私の行動が珠里を傷つけてしまった。

「え、なに。どうしたの？」

「珠里、泣いてる？」

演劇部の子たちが私たちに気づいて集まってくる。泣いている珠里と、私の持っている退部届を見て、沈黙が流れた。

私が演劇部のトークルームから退出した時点で、みんな薄々《うすうす》私が戻らないことはわかっていたはず。けれど、いざ私が辞めるとなると少なからず衝撃を受けているようだった。

――こんな形で辞めることになって、ごめんなさい。

伝えたいけれど、声が出ない。マスクの中で吐く息が震えた。

「なんでそんな迷惑そうな顔するの」

もどかしさに眉を寄せてしまったせいで、私がこの状況を嫌がっていると誤解してしまったようだった。

「文化祭の公演だって、花澄がいなくなったら人が足りなくなるから、先輩が二役やることになったんだよ。そういうの全然わかってないでしょ」

自分のことばかりに気を取られて、私が抜けたらどうなるのかを考えていなかった。

自分勝手で、みんなのこと考えられていなくてごめんなさい。それすらも言えず、ただ立ち尽くすことしかできない。

珠里が洟《はな》を啜《すす》りながら、私を見つめる。目元も鼻の頭も真っ赤に染まっていて、涙がぽろりと落ちていく。

「なにも言わないんだね」

――違う。話したくないわけじゃない。

「もう無理だってよくわかった。行こ」

去っていく演劇部のみんなを、私はなにも言えずに見送ることしかできない。

少し前まで私の大事だったものが、音を立てて崩れ落ちていく。

みんなを傷つけたいわけじゃないのに。演劇だって好きだったはずなのに。

ひとり残された私は皺《しわ》になった退部届を握りしめる。

最後までなにも伝えられなかった。

このまま帰りたいけれど、退部届を提出するのを後回しにはできない。涙を堪えて、階段を下っていく。

職員室に行くと、典子先生がまだ席に座っていた。本当は顔を合わせづらいけれど、戻るわけにもいかず、私は先生の席の横に立つ。

「竹内さん。……提出しに来たの？」

退部届を受け取ると、皺になった部分を見て、典子先生が眉を下げる。そして残念そうに微笑んだ。

「悩んだ結果なのね」

私は深く頭を下げる。

――今までありがとうございました。最後に演劇部に迷惑をかけてしまって、ごめんなさい。

心の中で思いを伝えていると、今まで堪えていた涙がこぼれ落ちてしまった。

「竹内さん、そんなに思い詰めないで」

泣いている私を見た典子先生は、優しく声をかけてくれる。

「それぞれ事情もあるだろうし、部活を辞めることが必ずしもいけないというわけではないわ。部活を辞めても、いつでも話に来てね。相談なら乗れるから」

典子先生は立ち上がると私の肩をぽんぽんと撫でた。その優しさにまた涙が溢れてくる。

「泣いたら、帰れなくなっちゃうわよ」

どうして辞めるのか、先生は事情を無理に聞き出そうとしないでいてくれた。泣くくらいなら辞めなければいいとも言わない。声が出ないことも、演劇部のみんなと揉めてしまったことも、話す勇気がなくてごめんなさい。

最後にもう一度頭を下げてから、私は職員室をあとにした。

廊下を歩きながら、口を開いてみる。

何度も〝あ〟と言おうとしてみても、声は出なかった。

――なんで治らないの……っ。

演劇部を退部したら、不安が取り除かれて声が出るようになるかもしれないと、思っていた。だけど退部届を提出しても、声は一切出ない。

廊下の突き当たりまで行き、壁にもたれかかりながら膝を折る。

声は消えたまま、涙が溢れてマスクを濡らしていく。

もう演技をすることもなくなって、誰かに笑われることもないはずなのに。これ以上どうしたら、私の声は戻ってくるの？

シャツの胸元を握りしめる。

自分が今どのくらいの心の傷を負っているのか、どうしたら治るのか、目で見てわかったらいいのに。このままずっと学校で声が出ないままだったら、どうしよう。

少しして涙が乾き始めた頃、私はゆっくりと立ち上がる。ここにいつまでもいるわけにもいかない。

放課後の校舎からは、遠くから様々な部活の音が聞こえてくる。野球部の掛け声やテニス部の得点を数える声。吹奏楽部《すいそうがくぶ》のチューニングの音。その中に、演劇部の発声練習も混ざっていた。

少し前は私もそこにいたはずなのに、今はひとりで帰ろうとしている。学生生活から弾《はじ》き出されたような疎外感《そがいかん》を覚えながら、校舎をあとにした。

気力が湧かなくて、駅までの道を歩く速度も普段よりも遅い。足が鉛《なまり》のように重たかった。

心の中にぽっかりと穴が開いたような気分だ。退部は自分で選んだことだ。今さら後悔をしたってどうにもならないのに、答えが出ていることをぐるぐると考えて落ち込んでしまう。

ブレザーのポケットに入れていたスマホが振動する。画面を確認すると、吉永くんからのメッセージだった。

【暇なら、駅前集合】

部活の日なのに家に真っ直ぐ帰るわけにもいかないので、彼からの誘いはちょうどいいタイミングだった。

沈《しず》んでいる気分を切り替えないと、吉永くんに気を遣わせてしまう。目が赤くないか、スマホのカメラで確認する。少し目蓋が腫れているようにも思えるけれど、赤みは引いていた。これなら吉永くんに会ってもバレないはず。


駅前につくと、すぐに吉永くんを見つけた。身長が高いので目立つ。私が近づいていくと、吉永くんはこちらに気づいて片手を振った。

「竹内って、見つけやすいな」

そうかな？と思って、首を傾げる。私は吉永くんみたいに背が高いわけでもないし、髪色も黒で長さも肩あたり。目立つ要素がない気がする。

「歩き方が綺麗っつーか、姿勢がいいから目がいく」

そういえば演劇部に入部したての頃、竹内さんは姿勢がいいと典子先生に褒めてもらったことがあった。

なんだか気恥《きは》ずかしくって、誤魔化すように視線を逸らしてスマホで文字を打つ。

【吉永くんも見つけやすいよ】

私の画面を覗くと、吉永くんが「俺？　どの辺が？」と聞いてくる。

【背高いから。何センチくらいあるの？】

「百八十五」

【そんなに高いの⁉】

「親が背高いから、遺伝かな」

私よりも二十五センチも高いことに驚いた。そして彼を見つけやすいのは、身長以外にもある。色素の薄い髪と、スッと通った鼻筋が目を引くのだ。

「じゃ、行くか」

どこに行くの？と打つ前に、吉永くんが歩いていってしまう。数歩進んでから振り返った吉永くんが、私のスマホを指さす。

「スマホじゃなくて、前見て歩けよ」

これがないと言葉を交わせない。それなのになくていいの？と疑問が浮かぶけれど、吉永くんは片方の口角を上げて手招きしてきた。

私はスマホをブレザーのポケットにしまってから、彼の隣に並ぶ。

「なにか話したいときにだけ、スマホ出せばいいだろ。今日は目の前のことに集中」

これからどこへ行くのかわからないけれど、私は頷いた。

ふと今も私の声は出ないままなのか気になった。先ほどは退部届を出したばかりだったからかもしれない。

彼の横顔を見つめながら、名前を呼んでみる。

――吉永くん。

口を動かしてみても、空気が漏れるだけで吉永くんはこちらを振り向かない。

やっぱり私の声は消えたままだった。


地下鉄に乗って連れていかれたのは、初めて降りる駅だった。

改札を通った人たちは迷うことなく、足早に進んでいく。出口がいくつもあり、きょろきょろとしていると、吉永くんが私の肩を軽く叩いた。

「こっち」

彼に案内されながら歩いていく。エスカレーターで地上まで行くと、人通りの多い道に出た。アニメのショップやカフェ、本屋さんの前を通過して、青色の看板が見えてきた。あそこだけ建物が大きい。

その建物の中に入った吉永くんについていくと、エレベーターで最上階まで上がっていく。ドアが開き、目の前に見えたのはスカイブルーガーデンという看板だった。

「海の中を体験できるんだってさ」

吉永くんの声が普段よりも弾んでいる気がする。彼のやってみたいことリストのひとつが、ここに来ることだったみたいだ。

青に統一されたアーケードを通りすぎると、屋上庭園が見えてきた。周囲にはキッチンカーがあり、ドリンクやホットスナック類が売られている。大きな木を囲むように円になっているベンチには、談笑している人たちがいた。

「向こうみたいだな」

吉永くんについていくと、奥のほうにスカイブルーという立て看板が見えてくる。その先を進むと、目を見張るような光景が広がっていた。

――わあ！　すごい！

頭上に大きな水槽《すいそう》があり、ペンギンたちが心地よさそうに泳いでいる。

先ほど、吉永くんが言っていた意味がわかった。

海の中に入ったみたいな気分になる。日差しが水に透けて、私たちに降り注ぐ。見上げた水面は、ペンギンが泳ぐたびに揺らめいていた。

「気に入った？」

吉永くんに問いかけられて、私は何度も頷く。

すごく素敵な場所だね！と文字を打つか迷ったけれど、今はスマホをいじるよりもこの空間を味わっていたい。

「海の中を歩いているみたいだな」

ふと高校一年生の頃に、学校近くにあるケアハウスからの依頼《いらい》で披露することになった夏の演劇が頭に浮かんだ。舞台の背景や小道具など、持ち運びができるものにしなければならないため、試行錯誤《しこうさくご》しながら必死に考えていた日々が懐かしい。

海の中で暮らす人魚たちと、迷い込んだ女の子との友情の物語で顧問の典子先生が考えた。

人魚は人間の女の子とお別れをするとき、真珠《しんじゅ》の涙を流して一粒《ひとつぶ》渡す。

これを飲み込めば、真珠があなたの願いを叶えてくれると人魚が言うと、女の子は躊躇うことなく真珠を飲み込んで再会を誓《ちか》い、海から去っていく。

もしもあの世界が本当にあるとしたら、空に透ける海は主人公の目にこんなふうに見えていたのかもしれない。

きっと珠里たちがここを見たら、あの舞台みたいだって喜びそうだな。

そんなことを考えて、我に返る。

――もう私は演劇部ではないんだから、考えても仕方ないのに。

楽しかった記憶を思い出して、切なさと寂《さび》しさが込み上げてくる。

しばらく海の中にいる感覚を堪能《たんのう》したあと、私たちは屋上庭園のベンチのところまで戻って休憩《きゅうけい》する。

「ちょっと待ってて」

吉永くんはキッチンカーになにかを買いに行き、少しして両手にドリンクを持って戻ってきた。

「ミルクティーとメロンソーダどっちがいい」

どちらにもアイスとホイップクリームがのっていて、その上には丸くてころっとしたものがトッピングされている。

私はミルクティーのほうを指さすと、吉永くんが差し出してくる。それを受け取って、頭を下げた。

「今日付き合ってくれたお礼」

――私のほうこそ、お礼を言いたい。海の中にいる体験ができて楽しかった。

伝えようと思い、スマホを取り出そうとしたけれど「溶ける前に飲んだほうがいい」と吉永くんに言われて、あとで伝えることにした。

マスクを少しだけずらして、ストローを口に含む。甘いミルクティーが口内に広がって、乾いた喉が潤《うるお》っていく。

「上にのってる白いやつ、真珠をイメージしてんだってさ」

――真珠……。

演劇のことを再び思い出す。あの物語のようにはいかないのはわかっているけれど、私はスプーンで白くて丸いものを食べてみる。ホワイトチョコレートでコーティングされていて、中はクランチでできているみたいだ。

――声が治りますように。

演劇の中のように願い事をしてみる。けれど、試しに声を出そうとしても叶わなかった。

「放課後ひとりで退屈だったから、竹内が付き合ってくれて助かる。ひとりだとすることもねぇし。ただぼーっとして時間が終わってたから」

吉永くんの言葉に疑問が浮かぶ。

サッカーの練習で忙しいはずの彼が、まるで時間を持て余しているようだった。

そういえば、部活に出なくていいのだろうか。今日もサッカー部は練習があったはずだ。

けれど、部活に行かなくていいの？とここで聞いたら、鬱陶しがられてしまうかもしれない。

聞きたいけれど、文字に打つことを躊躇う。

サッカー部のエースの彼は、他の人と練習メニューが違っていたりするのだろうか。

「そろそろ帰るか」

お互い飲み物が空になったタイミングでベンチから立ち上がる。

スマホを見ると、いつのまにか六時をすぎていた。孤独な放課後を過ごしていた私にとって、こうして一緒に時間を潰してくれるのはありがたかった。

【今日は連れてきてくれてありがとう。楽しかった！】

私が打った文字を見ると、吉永くんが「また誘う」と言って口角を上げる。次はどこに行くのか、私は楽しみになっていた。

家に帰ると、スリッパが床に擦《こす》れる音がこちらに近づいてくる。リビングからエプロン姿のお母さんが顔を覗かせた。

「花澄、おかえり～！」

温かく出迎えてくれるお母さんの笑顔から、咄嗟に目を逸らしてしまった。

お母さんは、私が部活に行っているフリをして遊んでいたなんて知らない。騙《だま》しているみたいで罪悪感に苛《さいな》まれる。

「……ただいま」

少し掠《かす》れたけれど、家では声が出た。

「今日の夜ご飯は、花澄の好きなグラタンだよ」

「楽しみ」

ごめんなさい、お母さん。心の中で謝りながら、極力明るい口調で返した。洗面所へ行き鏡に映った自分の姿を見つめながら、喉元を指先でなぞる。いつになったら私の声は元に戻るんだろう。

翌週からクラスでは、文化祭の出し物についての話し合いが始まった。案をいくつか出し、それを第三希望まで提出する。そして、後日文化祭実行委員と先生たちとで決定するらしい。

ミルクティー色の髪に、耳にはシルバーのピアスがいくつもついている女子が黒板の前に立った。文化祭実行委員の城田さんだ。

「希望がある人～！　手挙げて！」

城田さんは、よく通る声で注目を集める。

「はいはい！　俺、絶対食べ物」

「具体的なの言ってよ！」

「お好み焼きは？」

「えー、匂いすごそう。私ドリンク店がいい」

福楽くんや、神谷さんたちが積極的に提案をしていくと、黒板に候補が書かれていく。

「だったらカフェがよくない？」

「鉄板系のほうが人気でそう」

お好み焼きなど鉄板焼き系がいいという案や、調理が比較的《ひかくてき》少なそうなドリンク店、制服から作り込むカフェがいいという案が上がる。様々な意見によって、教室が賑《にぎ》やかになっていった。

私たちの高校は九月の中旬《ちゅうじゅん》に文化祭が行われる。その頃も声が治ってなかったらどうしよう。裏方ならまだなんとかなるかもしれないけれど、売り子などはできない。

さすがにクラスの人たちも、全く声が出ない私を不審がるはずだ。

それに文化祭では、演劇部で公演する予定もあった。

『花澄がいなくなったら人が足りなくなるから、先輩が二役やることになったんだよ』

私が退部したせいで、演劇部にも負担がかかっている。

教室に響《ひび》く賑やかな声を聞きながら、私は俯いて手のひらをきつく握りしめた。


「また明日ね〜！」

「あ、明日貸りてた漫画《まんが》持ってくる！」

「次私も読みたい！」

放課後、クラスの女子たちが楽しげに会話をしながら、教室から出ていく。そんな彼女《かのじょ》たちの姿がちょっとだけ羨《うらや》ましい。

福楽くんのことをできるだけ避《さ》けて、神谷さんとは極力関わらないようにしているけれど、席が近いため心が休まらない。

「瑠那、部活？」

「うん。じゃーねー」

席を立った神谷さんと目が合うと、露骨《ろこつ》に嫌そうな顔をされてしまった。なるべく鉢合わせたくないため、しばらく席で待つ。

スマホを覗くと、今日は吉永くんから連絡が来ていない。ひとりでどうやって時間を潰そう。

人がまばらになってきたので立ち上がると、担任の小柳《こやなぎ》先生に呼び止められた。

「竹内、話があるから少し残ってもらってもいいか？」

話とはなんだろう。戸惑いながらも頷く。

小柳先生は二十代後半くらいの男性で、短髪《たんぱつ》で爽《さわ》やかな雰囲気《ふんいき》だ。いつもニコニコしていて、親しみやすいため生徒たちからも好かれているけれど、話したことが他の生徒にも伝わってしまうことが多々ある。生徒たちの中では、〝小柳先生ってお喋りだから気をつけて〟なんて噂《うわさ》も流れていた。

そのため私は、声のことを話していない。

話したらすぐに広まってしまいそうだ。先生たちや親には知られたくない。どうしようと焦りながらも、逃げることもできず、私は自分の席に戻る。

少しして教室から生徒たちがいなくなると、先生が目の前の席に座った。

「部活辞めたって聞いたけど、なにかあった？」

顧問の典子先生から、退部の報告を受けたようだった。

そのことにショックを受けている自分がいた。顧問としては担任に伝えるのは当然のことだと頭ではわかっている。だけど、話さないでほしかった。

自分の知らないところで、大人たちはどんなふうに話しているんだろう。

「この間、演劇部の子たちと廊下で揉めていたよな。もしかしてそのことが原因？」

なにも答えられないでいると、小柳先生は肯定《こうてい》と受け取ったようだった。

「人間関係のトラブルは辛《つら》いかもしれないけど、進路にも響くかもしれないし、一度退部のことは考え直したほうがいいんじゃないかと思う。竹内は中学の頃から演劇部で頑張《がんば》ってきたんだろ？」

小柳先生は、今後の進路で長く続けていたものがあると強みになるということを説明しながら、顧問の典子先生を間に入れて話し合ったほうがいいのではないかと提案してきた。

「竹内なりに悩んでるのはわかるよ。だけど、逃げ癖《ぐせ》ってつくとなかなか消えなくなるから……」

逃げ癖。その言葉が、容赦《ようしゃ》なく私の心を刺す。

私の退部は逃げなのだろうか。

演技をすることが怖《こわ》くなって、悩んで、いろいろな誤解が重なった。それに声が出ないまま演劇部にいても、私はなにもできない。

——先生、私声が出ないんです。

マスクの下で、声にならない言葉が消えていく。

「竹内」

振り返ると、教室の後ろのドアのところに吉永くんが立っていた。

「連絡したんだけど」

私から返事がないので教室まで探しに来たみたいだった。不機嫌そうに吉永くんが私の席までやってくると、「早く」と促《うなが》してくる。

「ちょうどよかった。吉永にも話があったんだ。サッカー部のこと、どうするのか決めたのか？」

「考え中。まだ期限あるんで」

大会以来、たくさん来ているという取材のことだろうか。

吉永くんは表情を雲らせる。

「吉永のこれからに関わることだし、ちゃんと話を……」

「先生が決めることじゃなくて、俺が決めることだから」

キッパリと言い放つ吉永くんに、小柳先生が口を閉ざす。そして吉永くんは私の腕を軽く叩いた。それが合図のように立ち上がり、鞄を抱える。

小柳先生がなにか言いたげにしていたけれど、頭を下げてから吉永くんと一緒に教室を出た。

隣を歩く吉永くんの服の袖を引っ張り、視線が交わる。私はありがとうという意味を込めて、両手を合わせた。

「逃げとかそんなの気にすんな」

吉永くんの言葉に目を見開く。小柳先生が私にしていた話を聞いていたみたいだ。

「大事なのは竹内の気持ちだから」

小柳先生が言っていたように、進路のことを考えるのも必要だと思う。

けれど部活を三年間頑張ってきたということが、いつかの未来で役立つとしても、今の自分の気持ちはどうなるんだろう。

私は演技をすることが怖くなって、周りの目が気になってしまうようになった。たとえ声を失っていなかったとしても、演劇部を続けるか悩んでいたと思う。

スマホを確認すると吉永くんからの連絡は入っていなかった。小柳先生との話に割って入るために嘘をついてくれたみたいだ。

きっとあのとき吉永くんが来てくれなかったら、ずっとなにも答えない私を小柳先生は不審に思ったはず。そしたら今頃私の声が出ないということを、知られていたかもしれない。

「このあと暇?」

私が頷くと、吉永くんはニッと歯を見せて笑う。

「じゃあ、俺のやりたいことリストに付き合って」

時折見せる吉永くんの笑みからは子どもっぽさがあって、つられてマスクの下の私の口元も緩む。

【今日はどこ行くの？】

スマホに打った文字を見せると、吉永くんは考えるように腕を組んだ。

「んー、今日は屋上」

――屋上？

「その前にコンビニでアイス買う」

今日は屋上でアイスを食べる計画らしく、私たちは靴《くつ》を履《は》き替えてから一度学校を出た。正門を左側に曲がって進んでいくと、コンビニが見えてくる。学校の近くなので時折生徒がいるため、少し警戒《けいかい》していたけれど店内に同じ制服の人はいなかった。

冷凍《れいとう》コーナーの前まで行き、私たちはアイスを選ぶ。

【今日は私が買うね】

この間奢ってもらったので、お返しにと私は吉永くんの持っていたアイスを受け取る。

「別に気にしなくていいけど」

首を横に振って、私はアイスをレジに持っていった。屋上へ行くのは久しぶりなので、楽しみだ。私が選んだチョコレートアイスはお気に入りのやつで、細かく砕《くだ》かれたアーモンドが入っている。吉永くんはみかんの果肉が入ったアイスだ。

お会計が終わると、コンビニの外で待っている吉永くんのほうへ足早に歩いていく。

「アイスありがとな」

吉永くんは私のことをじっと見つめると、微かに表情を緩めた。

「屋上行くの楽しみ？」

その問いかけに私は頷く。

「俺、竹内がなに考えてるのかわかるようになってきたかも」

マスクをしていて顔が隠れているのに、そんなに私の感情は表に出てしまっているんだろうか。恥ずかしくなってきて、吉永くんに背を向ける。

「なんでそっち向くんだよ」

呆れたように言いながら私の前に来て、それをまた避けるように向きを変えるのを繰《く》り返す。ふたりしてクルクル回っていて、なんだかおかしい。

少し離れた位置に、女子三人組が立ち止まっているのが見えた。同じ制服を着ていて、コソコソと話しながらこちらを見ている。

「あれ誰？　彼女？」

「見たことある気がするけど、名前はわかんない」

少し会話が聞こえてきて、ため息が漏れそうになる。神谷さんのときのように、誤解されて陰《かげ》でいろいろと言われそうだ。

変に噂を流されたくないので、偶然《ぐうぜん》会ったように装って吉永くんと距離を置いて歩いたほうがいいだろうか。けれど、離れようとした私の腕を吉永くんが掴んだ。

「早く行くぞ」

気にすんなと言うように、彼は堂々と歩いていく。きっと吉永くんも彼女たちの視線に気づいていたのだと思う。

学校にいると息苦しくて、喉が押し潰されているような感覚になるときがある。だけど吉永くんといる放課後は、声が出なくても呼吸がしやすい。私にとって憩《いこ》いの時間になっている。

一緒に歩いてくれる彼の存在が心強い。

――吉永くん、ありがとう。

口を何度も動かしてみても、やっぱり声が出なかった。だけどいつか私の声で、彼にありがとうと伝えたい。

放課後に学校へ入るのは、私たちだけが登校しているような不思議な感覚だった。上履きに履き替えて、アイスが溶けないうちにふたりで階段を上がっていく。

私たちの高校は屋上が開放されていて、生徒たちは自由に行き来できる。そのためお昼をここで食べている生徒も多い。

灰色の扉を開けると、緑色のフェンスに囲まれた屋上が目の前に広がった。

ここへ来たのは、一年生の文化祭の練習以来だ。

居場所がない高校生たちの物語。放課後の屋上でタイプの違う三人の女の子が出会う。クラスでは違うグループにいる彼女たちが、屋上でだけは心が休まり友情を育んでいく。当時三年生の先輩たちが考えた脚本《きゃくほん》で、私はセリフがふたつしかない脇役のひとりだった。実際は体育館で演じるものの、屋上で演技の練習をしたほうが感覚を掴めるのではないかという話になり、放課後はよくここで稽古《けいこ》をした。

青い空は蜂蜜《はちみつ》を垂らしたように陽が傾《かたむ》き、遠くから運動部の掛け声が聞こえてくる。

私と吉永くんはフェンスに寄りかかって、アイスの袋《ふくろ》を開けた。マスクを完全に外すのは抵抗《ていこう》があったため、少し下にずらしながら食べる。

「このくらいの気温がちょうどいいな」

最近日中は日差しが強くて、湿度《しつど》も高い。けれど夕方になってくると、風が冷えて過ごしやすい。

「竹内のアイスについてる、粒々《つぶつぶ》したやつなに？」

【アーモンドだよ】

「へー。俺もそれ今度買ってみよ」

画面を見せてから、スマホをひっくり返して膝の上に置く。すると吉永くんが、私のスマホケースをまじまじと見てきた。

「俺と竹内って下の名前のイニシャル同じだな」

私のスマホはクリアケースの中心部にかすみ草の押し花が埋《う》め込まれていて、ピンクブラウンの筆記体でイニシャルのKが書いてある。

同じイニシャル?と首を傾げる。吉永蛍ってYとHのはず。

「蛍《けい》だからイニシャル同じだろ」

【蛍って、けいって読むんだね】

吉永くんの下の名前の読み方は、てっきり〝ほたる〟だと思っていた。

「うん。蛍って書いて〝けい〟」

【綺麗な名前だね】

吉永蛍という漢字の並びを初めて見たとき、綺麗だなと思った。読み方は今知ったけれど、名前の響きも好きだ。

「母さんの実家に昔蛍がいて、それで俺の名前にしたらしい」

【私、蛍って一度も見たことない】

一年生の頃、演劇部で卒業する三年生に向けて披露した劇の中で出てきたことがある。当然本物は用意できないため、黄緑色のライト使って、蛍の光を再現した。偽物《にせもの》とはいえ、真っ暗な中に浮かぶ黄緑の光は幻想的《げんそうてき》で、とても綺麗だった。

「いつか見せる」

この辺に蛍が生息している場所なんてない。無謀《むぼう》な約束なのに、なぜか吉永くんは楽しげだった。動画や写真を見せてくれるのだろうか。

「花澄って名前も綺麗だよな」

不意に下の名前を呼ばれて、心臓が跳《は》ねる。たったこれだけのことで、照れくさくなるなんて。動揺を隠すように、スマホ画面に視線を落として文字を打つ。

【かすみ草からつけたんだって】

花好きなお母さんは、特にかすみ草が大好きで私に名づけたと言っていた。家の玄関にもドライフラワーのかすみ草が飾《かざ》られている。

「これか。見たことある。てか、そのスマホケースの花じゃん」

吉永くんは、スマホでかすみ草を検索かけたようで、私に画面を見せてきた。そこには白いかすみ草の画像と、花言葉がいくつか書かれている。

「花言葉、幸福だって」

【そんな花言葉があるの初めて知った】

お母さんが好きな花で、吉永くんにも綺麗な名前だと言ってもらえた。そして素敵な花言葉があると知れて、自分の名前が前より特別なものに思えてくる。

アイスを食べ終わった頃には、空は一面夕焼けに染まっていた。学校に私と吉永くんしかいないような感覚になる。マスクの紐《ひも》に手をかける。彼の前でなら外すことができそうな気がしたけれど、凍《こお》りついたように指先が動かなくなった。まだ心のどこかで声が出ない自分を直視されることが、私は怖いのかもしれない。

第三章　夕焼けの落涙

夕焼けの落涙

六月に入ると、各クラスで文化祭の出し物が決まった。

「メニューのアイデアがある人は、挙手《きょしゅ》して」

第一希望のカフェは三年生がするらしく、第二希望のお好み焼きも他のクラスに決まったので、私たちのクラスは第三希望のドリンク店になった。

市販《しはん》のものをプラスチックのカップに入れて販売するのではなく、クラス内でオリジナルドリンクを作るらしい。

私は密かに一番やりたかったものだったので、嬉しい。

去年先輩たちがドリンクのお店をしていて、カラフルなクリームソーダを売っていた。丸いチョコレートをバニラアイスにさして、クマの耳のようにして、チョコペンで顔を描《か》いていたのがかわいかった。

だけど、せっかくやりたかったものができるのに、発言ができない私はアイデアを出すのは難しい。

神谷さんが「はいはい！」と大きな声を上げる。

「炭酸と紅茶混ぜたい！」

ティーソーダなら、レモンとも合いそうだ。内心ワクワクしながら提案を聞いていると、一部の男子が微妙《びみょう》そうな顔で発言をした。

「それ、まずそうじゃね？」

「ティーソーダってあるからいけるでしょ。あとフルーツ入れるのとかどう？」

「それならアロエとかタピオカ入れるのは？」

実際にある台湾風《たいわんふう》ドリンク店を元に、紅茶系のドリンクで揃えてトッピングを選べるようにしたらどうかなど、様々な意見が出てくる。

「俺、紅茶ばっかりなの嫌なんだけど」

「いろんな味あったほうがよくね？」

男子たちの反対意見が出てきたタイミングで、吉永くんが手を挙げた。

「じっくり考えたほうがよさそうだから、紙に書いて提出とかにしたら」

城田さんが、その案に頷く。

「どうやって提出にしよっか。いらない紙を人数分に切って配る？　職員室なら紙あるかな」

「実行委員にメッセージで送るとかは？」

アイデアの提出の仕方について話し合い、城田さんにメッセージを送るやり方に決まった。

これなら私も参加ができる。机の下でスマホをいじりながら、すぐに吉永くんにメッセージを送った。

【さっき提案してくれてありがとう。私でもアイデアが出せそう】

すると、すぐに返信が届く。

【竹内がこれなら参加できるかと思ったから。言ってよかった】

私のことを気遣ってくれたからだと知り、もう一度【ありがとう】と送った。吉永くんのおかげで、私もドリンクのメニューを考える楽しみができた。

帰りのホームルームが終わると、すぐにスマホを開いた。吉永くんからのメッセージが届いていないかの確認が、私の習慣になりつつある。

今日は届いていないので、放課後は一緒に過ごさないのかもしれない。

三ヶ月間一緒に過ごすと約束をしたとはいえ、毎日会うわけではない。吉永くんから連絡が来たときだけ。

「竹内」

スマホを閉じて顔を上げる。教卓《きょうたく》にいた小柳先生が、こちらに歩み寄ってくる。また部活のことを聞かれるのだろうか。今日はさすがに声が出ないことがバレてしまうかもしれない。

「この間は、いきなりごめんな」

　申し訳なさそうに謝罪をすると、小柳先生は空いていた席の椅子を引きずって、私の隣に座った。

「顧問の村上《むらかみ》先生からも、竹内が悩んで決めたことだからって聞いた。事情も知らないのに、ちょっと踏み込みすぎたな」

　答えられない代わりに、私は首を横に振る。

　小柳先生が私の進路のことを心配して、退部の件は慎重《しんちょう》に考えるべきだと言ってくれたのはわかっている。それに小柳先生に言われたことに不満を抱かなかったのは、私自身も辞めることに躊躇いがあったからだ。

「竹内、中学生の頃からずっと演劇部だったんだろ？　長く続けてきたものがあるってすごいことだから、もったいないなって思ったんだ。でも辞めたからといって、なにかをひたむきに頑張ってきた時間は無駄《むだ》なんかじゃないからな」

　無意識に思い出すことを避けていた演劇部での日々。楽しかった時間も、大変だった経験も、苦難を乗り越えたあとの達成感も、全部大事な思い出だった。

　でも今はモノクロ写真みたいに色を失っている。色の取り戻し方が、わからない。

　大切なものだったはずだったのに。誰かに笑われるような自分を、私は受け入れることができなかった。

——先生、悩んだ末に退部を決めた自分を、間違っていなかったと未来の私は思えるのかな。

「それともうひとつ聞きたいことがあるんだけど、竹内は、吉永とその……仲いいんだよな？」

小柳先生が私の顔色をうかがうように訊《き》いてきた。付き合っているのではないかと誤解されているような気がして、私は頷いていいものなのか躊躇う。すると私の返事よりも先に、小柳先生が言葉を続けた。

「部活のこと、吉永からなにか聞いてないか？　本人もかなりショックだったとは思うんだけど、決めるなら早いうちのほうがいいと思うんだ」

事情がのみ込めずにいると、数名の女子生徒が教室に入ってきて小柳先生を呼んだ。

「いたー！　先生、ちょっと来て！」

「はーい！　竹内、急にごめんな。それじゃ、また明日」

小柳先生は椅子を元の場所に戻すと、生徒たちと一緒に廊下へ消えていく。

教室にひとり取り残された私は、すぐには立ち上がることができず、窓側にある吉永くんの空っぽの席を見つめる。吉永くんは、なにを決めないといけないんだろう。

本人がショックを受けるようなことというのは、なんだろう？

時々放課後を一緒に過ごすようになったとはいえ、私はまだ彼について知らないことばかりだ。

スマホを見ても、やっぱり今日はメッセージが届いていない。

鞄を手に取って廊下に出ると、ひと気はなくひっそりと静まり返っている。

私から連絡をしたら、迷惑だろうか。それにたとえ会えたとして、部活のことを聞いていいものなのか悩む。

階段を下っていくと、誰かの話し声が微かに聞こえてきた。

「——だって」

内容はあまり聞き取れないけれど、それが吉永くんの声のような気がして、階段を下りる速度を速めていく。二階と一階の中間あたりまで降りると、声は鮮明《せんめい》に聞こえた。

「そういう同情いらねぇから」

冷めきった低い声で、吉永くんは鬱陶《うっとう》しそうに話していた。もともと素っ気ない口調で話す人だけど、今の彼の口調からは静かな怒《いか》りが伝わってきて、息をのむ。

「頼《たの》むから、部活のこと考えてくれって」

ここからでは、吉永くんが誰と話しているのかはわからない。けれど、部活という言葉から、おそらくサッカー部の人なのだろう。

「もう意味ないだろ」

冷たい口調に、身体が凍ったように動かなくなる。

「そんなことないだろ！」

「放っておいて」

会話が止まり、離れていく足音が聞こえる。吉永くんとサッカー部の人の間になにがあったんだろう。

ふたりとも立ち去ったと思い、私は階段をゆっくりと下っていく。左に曲がると、壁に寄りかかって俯いている吉永くんがいた。

私の足音に顔を上げた吉永くんと、視線が交わる。帰ったと思った彼がいたことに驚いたけれど、吉永くんも私がいることが予想外だったようで目を見開いている。

「……今の聞いてた？」

頷くと吉永くんは気まずそうに視線を彷徨《さまよ》わせた。私にはあまり聞かれたくない内容だったのかもしれない。

【聞いちゃってごめんね。大丈夫？】

急いで文字を打って、スマホを吉永くんのほうへ向ける。

「少し揉めただけだから、気にしないでいい」

本当は聞きたいことがたくさんある。だけどこれ以上は触れるなというように、吉永くんは私の先を歩き始めた。

一緒に帰っていいものなのか悩みながら、数歩後ろを歩く。靴を履き替えてから昇降口を出ると、外で吉永くんは私が来るのを待ってくれていた。

「竹内、傘持ってる？」

首を横に振ると、吉永くんが空を見上げる。灰色の分厚い雲が空を覆《おお》っていて、普段よりも外が薄暗く感じる。

「夕方から雨降るらしいから、今日はやめとくか」

今にも雨が降りそうで、吉永くんの言う通り今日は早めに帰ったほうがよさそうだ。家の近くでギリギリまで時間を潰そう。

駅までの道をふたりで歩きながら、時折吉永くんの顔色をうかがう。いつもよりも口数が少なくて、元気がないような気がした。

＊　＊　＊

お弁当とペットボトルのお茶を鞄から取り出して、席を立つ準備をする。

最近の私は、お昼は非常階段で食べるようになっていた。今まで一緒にお昼を食べていたクラスの女子の輪から抜けても、特になにも言われない。

クラス替《が》えをしたばかりだったし、特別親しいわけではなくて、教室で食べている子たちで集まるような形だった。

誰にも触れられないことにホッとする思いと、虚《むな》しさが胸に広がる。私ひとりが抜けたところで、みんなたいして気にしていない。

「バニラアイスとコーヒーをミキサーで混ぜて、フロートにするのどう？」

「じゃあさ、ホイップクリームとかのせたら？」

「それおいしそう！　お店のやつみたいじゃん」

聞こえてきたクラスメイトたちの会話に、動きを止めた。私がメモしていたアイデアと同じ内容だった。

私が提案しなくても、他の子たちからどんどんアイデアが出てくる。それに他に考えていたものも被《かぶ》っているかもしれない。

盛り上がっている教室から静かに抜け出して、非常階段へ行く。

ひとりになると私はスマホを取り出して、メモのアプリを起動した。コーヒーフロートの案を消していく。

やっぱり私って、アイデアを出すのは向いていないのかもしれない。

一年生の頃、文化祭で私のクラスは入場口のアーチ作成担当だった。イメージ図を描《か》いて提出すると、私の考えたものが最終候補に残った。

黒板に貼《は》りつけられた四案。どれがいいか話し合いが行われる中、ひとりの子が私の案を指さした。

『それありきたりすぎて、つまらなくない？』

『確かに。普通《ふつう》かも』

同調する声が広がり、真っ先に私が描いた紙は黒板から外された。自分が選ばれる自信があったわけではない。選ばれなかったことよりも、つまらないと言われてゴミ箱に捨てられたことがショックだった。どんなデザインにしようかと心を踊らせ、一つひとつの色合いにこだわりながら考えていた時間を思い出して胸が痛んだ。

だけど、あの案が自分のものだと言えず、捨てられた紙を私は見て見ぬフリをすることしかできなかった。

あの頃のことを思い出して、ため息を漏らす。

ドリンクのアイデアだって、ありきたりと言われてしまうかもしれない。私も提案できるって思ったときは、あんなにワクワクしたのに、気持ちはすっかり萎《しぼ》んでいた。

昼休みが終わる少し前に、校舎内へ戻る。廊下を歩いていくと、前方を歩いている人物と目が合い、お互い足を止めた。

「……花澄」

珠里と顔を合わせるのは、退部届を書いた紙を見られたとき以来だ。珠里が気まずそうに目を伏《ふ》せて、立ち去ろうとしたときだった。

「文化祭、今年は屋台でよかった〜。劇だったら最悪だったよ」

「あれ喜ぶの演劇部だけじゃない？」

階段から女子数人の会話が聞こえてくる。演劇部という言葉に、私と珠里は固まった。上の階から降りてきたので、おそらくは三年生だ。

「去年の劇、恥ずかしくてマジで苦痛だった。演劇部の子、上手だったけど世界が違いすぎて、逆に浮いてたのは面白かったけどさ」

「あー……わかるかも。演劇部の子たち見ると、振りきってるなぁって思う。小学校の演劇ですら恥ずかしくて人前で演技できなかったし、私は絶対無理」

笑いながら話している先輩たちの声が遠のいていく。微かに震える手のひらを握りしめた。

どれだけ努力しているのか知らない人に、どうして笑われなくちゃいけないんだろう。私だけじゃなくて、演劇部のみんなを馬鹿《ばか》にされたように感じて、悔《くや》しくてたまらなかった。

珠里が複雑そうな表情を私に向けてくる。

「演劇部のことを言われてたからって花澄が怒る必要ないじゃん。自分から辞めたんだし」

私に怒る資格なんてない。珠里にとっての私は演劇部を投げ出して退部した人間だ。それでも演劇部の人が陰で笑われているのを、他人事のように無関心ではいられなかった。

「最近、花澄がなに考えてるのかわからない。どうして変わっちゃったの？」

珠里の鼻の頭が赤くなり、目に涙が溜まっていく。

私は自分が変わったという自覚がなかった。なにも知らない珠里たちにとっては、私が急に変わったように思えるに決まっている。

「中学の頃から、ずっと一緒に頑張ってきたじゃん。それなのに……っ」

自分勝手なことばかりして、ごめん。伝えたくても声は空気に溶けてしまう。

変わりたくなかった。周りの声に振り回されずに、自分の好きなものを大事にできる自分でいたかった。だけど私にはそれができなかった。

「あの約束もどうでもよくなった？」

――約束。

その言葉に心臓が大きく跳ねた。

今まで必死に考えないようにしていた、珠里との思い出。私たちが同じ道を一緒に歩きながら交わした、たくさんの言葉を私は箱の中に押し込めていた。

「私、主役になったよ。もう花澄にとってはどうでもいいかもしれないけど」

珠里は悲しげに笑って、私の横を通りすぎていく。

――珠里、待って。

振り返って手を伸ばそうとしても、届かなかった。一歩、また一歩と足が動き、珠里のあとを追っていく。けれど曲がり角のところで、珠里の背中が消えた。

急いで追いかけようとすると、勢いよく人にぶつかってしまう。

「あぶな……っ、竹内？」

衝突《しょうとつ》した鼻の頭を押さえながら見上げると、驚いた表情の吉永くんがいた。ごめんなさいと両手を合わせてから、あたりを見回したけれど、珠里の姿は近くにはなかった。

「なんかあった？」

私はなんでもないと首を横に何度も振る。吉永くんがなにかを言おうとしたタイミングで、予鈴が鳴った。

言及《げんきゅう》されることなく、私は吉永くんの数歩後ろを歩きながら教室へ戻った。


先ほどの珠里の言葉が頭から離れず、午後の授業に集中ができなかった。

一緒に主役を勝ち取ろうという約束を珠里が叶えたのに、私はお祝いすることもできなかった。

『花澄、私文化祭で主役やってみたい！』

『私も！　一度でいいから主役やってみたいなぁ』

高校一年生の夏、私たちは部活帰りにそんな話をしていた。

『でも主役は取り合いだよね。来年も大変そう』

『今年も三年の先輩たちで主役の取り合いすごかったもんね。みんな最後の文化祭だから、かなり気合入ってたし』

三年の先輩たちで誰が主役にふさわしいかの話し合いになったけれど、意見がまとまらず、最終的に顧問の典子先生に間に入ってもらった。そして数名の先生を呼んで、配役オーディションを行い、一ヶ月かかってようやく主役が決まったのだ。

『じゃあさ、二年で主役を私が勝ち取るから、三年のときは花澄ね！』

『え、けど私できるかな。珠里とか、かおちゃんのほうが演技上手いし……』

技術面以外にも、私よりも華《はな》があって舞台映えする子たちがいる。中学の頃から、私は脇役が多いし、いい役をもらえたとしても主人公の友人役や妹役で、物語の中で悲しい結末を迎えることが多い。

『そんなこと考えないで、やりたいなら一緒に勝ち取ろうよ！』

希望に満ち溢れた珠里の目を見ていると、本当にできそうな気がしてくる。

『うん！』

自分の演技に自信があるわけではないけれど、挑戦《ちょうせん》だけでもしてみたい。諦《あきら》めなければ、いつか叶うかもしれない。

そうして私は、二年生になって新入生歓迎会で主役を任された。新入生役で、やりたいことがない女子生徒の設定。

私の主役抜擢に一番喜んでくれたのは、珠里だった。

『やったじゃん！　夢叶ったね！』

珠里だって主役に立候補していて、勝ち取りたかったはずなのに笑顔でおめでとうと背中を叩いてくれる。

『文化祭は、今年と来年は私たちで主役勝ち取ろうね』

『うん！　頑張ろ！』

去年の夏に交わした約束は変わらずに私たちの胸にあった。それなのに私は、その約束を放棄《ほうき》してしまった。

帰りのホームルームが終わり教科書を整理していると、教卓のほうから視線を感じた。

福楽くんがこちらに向かって歩いてくるのを見て、私は急いで鞄を肩にかけて両手で教科書を抱えながら立ち上がる。

話しかけられたくない。声が出ないので答えられないし、そのことに勘づかれたくない。それに彼に対して気まずさもあった。

逃げるように教室を出て、人混みに紛《まぎ》れる。ロッカーの前まで行くと、中に教科書を押し込んだ。

靴を履き替えてロッカーの扉を閉めると、我に返る。

——私、なにしてるんだろう。

部活を辞めて、福楽くんを避けて、これ以上神谷さんの怒りを買わないように息を潜めて過ごしている。

だけど、声は治らない。

『最近、花澄がなに考えてるのかわからない。どうして変わっちゃったの？』

珠里への罪悪感と、自分への嫌悪感《けんおかん》に押し潰されそうだった。

演技をしている姿を笑われて恥ずかしくなったけれど、今の私だって情けなくて恥ずかしい。

もっと違う形で変わりたかった。こんな私なんてなりたくなかったのに。

「村上先生の話聞いた？」

聞こえてきた会話に耳を傾ける。

「事故に遭《あ》ったんだって」

——典子先生が事故!?

衝撃のあまり思わず振り向く。話をしているのは一年生の人たちだった。

「だから今日休みだったんだ。入院してるってこと？」

「入院はしてないらしいんだけど、少しの間学校休むんだって」

少しの間ってことは、大怪我《おおけが》ではないの？　でも学校にこられないほどなんて、軽傷ではないのかもしれない。

もっと詳《くわ》しく知りたかったけれど、一年生たちは靴を履き替えて去っていった。

『部活を辞めても、いつでも話に来てね。相談なら乗れるから』

典子先生はいつだって、私に優しい言葉をかけてくれた。たくさんお世話になった典子先生に会いに行きたいけれど、部活を辞めた私がお見舞《みま》いに行ってもいいのだろうか。

私はひとり下校しながら、演劇部のみんなのことが頭に浮かんだ。

きっと戸惑っているはずだ。演劇部の人たちは典子先生のことを慕《した》っていたし、仲がよかった。

典子先生は休みの日でも、演劇部の生徒が作業に追われて登校しなければいけないときは、駆けつけてくれる。

家が学校の最寄り駅の近くにあり、いつも自転車通勤。夜遅くに帰宅するときは人通りの少ない道があって危ないからと、駅まで送ってくれることもあった。

去年の夏休み、珠里と私は小道具の制作が終わらず、登校したときも付き添ってくれた。帰りに典子先生が家にスイカがあるから食べに来てと言ってくれて、私たちは立ち寄った。

夏の夕暮れ時に、ベランダで珠里と典子先生と三人で食べた甘いスイカの味が懐かしい。次はこんな演目をしたいとか、小道具や衣装について私たちは夢中になって話をした。いつもはおっとりしている典子先生も演技の話になると、早口になって意気《いき》揚々《ようよう》としていた。

——典子先生、怪我しているのかな。

誰かに聞きたいけれど、声も出せないし、珠里たちに連絡もしづらい。

「竹内、赤！」

背後から焦ったように声をかけられて足を止める。顔を上げると、横断歩道の信号が赤になっていてひやりとした。

私の隣までやってきた吉永くんが顔をしかめる。

「危ねぇな。なにしてんだよ」

ごめんなさいと両手を合わせる。考え事をして歩いていたから、周りが見えていなかった。

スマホを取り出して、吉永くんにお礼を打つ。

【考え事してて。止めてくれてありがとう】

吉永くんが呼び止めてくれていなかったら、赤信号を突き進んでいた。それを考えると血の気が引いていく。

「考え事って、なんかあった？」

答えるよりも先に信号が青に変わり、私の手を引いて吉永くんが歩き出した。

「とりあえず、場所移るか」

そのまま住宅街を抜けて、小さな砂場がある公園までたどりつくと手が離れる。

「で、どうした？」

私は先ほど聞いた内容を文字に打っていく。吉永くんはなにか知っているだろうか。

【演劇部の顧問の先生が事故に遭ったらしくって】

私のスマホの文字を見て、吉永くんの顔が険しくなった。

「え……事故に遭ったのって村上先生だったのか」

【吉永くん、詳しく知ってる？】

「詳しいわけではないけど……自転車で接触《せっしょく》事故に遭った先生がいるってのは聞いた」

その話を聞いて、典子先生が乗っていたシルバーの自転車を思い出す。事故を想像して目をきつくつぶる。

「見舞い行くの？」

頷くことができなかった。言い訳のような言葉を打って手を止める。ちらりと吉永くんを横目で見ると、私が打ち終わるのを待ってくれていた。

「行くか迷ってんの？」

正直に話すのを決めて、スマホの画面を見せる。

【部活辞めたし、行っても迷惑かなって考えてて】

こんな内容を見せたら呆れられるかと思ったけれど、吉永くんは顔色ひとつ変えなかった。

「心配なら会ってきたら」

私の心を見透《みす》かすような真っ直ぐな眼差し。迷いがあることに吉永くんは気づいているようだった。

「ひとりで悩んで時間使うより、顔見てきたほうがいいと思うけど」

【でも私、声出ないから】

「声を理由にいろんなこと諦めて、竹内はそれでいいのかよ」

返す言葉が見当たらなくて、スマホを握りしめる。

声が出ないからと、できないことばかりが増えていく。部活を辞めても声は戻らないままなのは、まだ引きずっているからかもしれない。

「竹内なりに悩んでるのはわかるけど。でも周りのやつらはなんも知らないままなんだろ。伝えてみたら変わることだってあるんじゃゃねぇの」

声や部活を辞めたことを理由に、事故に遭った典子先生のお見舞いに行かなかったら、私は後悔する気がした。

「竹内がしたいようにすればいいじゃん」

私はどうしたいのかを、もう一度考えてみる。

本当は典子先生に会いに行きたい。怪我は大丈夫なのか、無事を確認したい。

「声のこと竹内がどうしても話したくないなら、今は喉の調子が悪いとか理由をつけて、スマホに文字打って会話したら。できない理由を考えるより、方法を探せばいい」

受け持っている学年が違うため、典子先生とは日常的に接することはない。吉永くんの言う通り、声のことは誤魔化せる。

「それに部活を辞めたからって、会いに行っちゃいけないわけじゃないだろ」

会いに行くのを躊躇っていた理由が消えていく。残ったのは、私の心の中にある気まずさだけだ。勇気が出ないから言い訳ばかりを並べて、典子先生と向き合わない理由を私は作ろうとしていただけなのかもしれない。

「入院してんの？」

【今、自宅療養中《りょうようちゅう》みたいなんだ】

「……自宅か。顧問の連絡先とか知らねぇの」

【電話番号と、家なら知ってる】

「竹内が会いたいって思うなら会いに行けばいいし、難しければ手紙でも書いて届ければ？」

部活を辞めるときも、紙に書いて伝えた。吉永くんの言う通り、そういうやり方もできる。だけど会うことを避《さ》けて手紙だけ残していくのは、前となにも変わらない気がした。

私は意を決して文字を打っていく。

【会いに行ってみる】

「場所近い？」

【うん、ここから歩いていけるよ】

「じゃあ、ついてく」

吉永くんがついてきてくれることに驚いていると、苦笑された。

「インターフォン押しても、声出ないかもしれないだろ」

【そうだよね。ごめんね、迷惑かけて】

「いいよ、別に暇だし。早く行くぞ。道案内して」

吉永くんとふたりで歩きながら、典子先生にどう説明するかを考える。

声のことは、喉を痛めたと伝えれば、典子先生ならあまり踏み込んだことを聞かずに、お大事にねと言ってくれそうだ。

そんなことを考えながら歩いていると、紺色《こんいろ》の屋根で白い外壁《がいへき》の一軒家《いっけんや》の前にたどりつく。私が足を止めると、「ここ?」と吉永くんに問われて頷く。

玄関の左側にある庭には紫陽花《あじさい》が植えられていて、今の季節は薄紫色《うすむらさきいろ》の花が咲《さ》いている。

白い門の横にあるインターフォンの前に立つと再び緊張が高まり、膝が震えた。ここまで来たのになかなか押せない。

吉永くんが先ほど言っていた、手紙をポストに入れるという方法が頭によぎった。けれど、それでは後悔するのはわかりきっている。

人差し指を伸ばして、勢いよくボタンを押す。

もう後戻りはできない。

「はい」

若い女性の声がインターフォン越しに聞こえてきた。

——あの、とぱくぱくと口を動かしても、やっぱり声が出ない。

そんな私を見て、吉永くんが代わりに話してくれる。

「村上先生の学校の生徒です」

「あ、お見舞いかな。ちょっと待っててね」

少しして玄関のドアが開くと、サンダルを履いた女性が慌ただしくこちらに走ってきて、門を開けた。

「わざわざ来てくれて、ありがとね」

大学生くらいの女の人で、肩あたりまでの焦《こ》げ茶色の髪には柔らかなウェーブがかかっている。目が合うと、親しみやすい笑みを浮かべてくれて、その表情が典子先生によく似ていた。

「どうぞ、入って」

軽く頭を下げると、中へ促される。

玄関で靴を脱《ぬ》ごうとして、身体が強張るのを感じた。先生にちゃんと伝えようと思って、ここまで来たけれど、いざ対面するとなると覚悟が揺らぎそうになる。けれど引き返すわけにもいかず、家の中に上がった。

「紅茶でいいかな？」

　突然来てしまったのに、気遣わせてしまうことが申し訳ない。

　――大丈夫です。そう伝えたかったけれど、言葉に出すことができない。ちらりと私を見やった吉永くんは、私の気持ちを汲《く》み取るように言葉を返した。

「いや、気遣っていただかなくて大丈夫っす。いきなり来て、すみません」

「さっきも演劇部の生徒さんたちが来てくれて、お母さん喜んでたの。だから気にしないで。むしろ私も母を気にかけてもらえるのは嬉しいから」

「……村上先生、大丈夫なんですか」

「腕の骨折と身体にちょっと擦り傷が残ってて……でも大事をとって休んでるだけで、命に関わる怪我ではないよ。一週間くらい休んだら復帰する予定だから」

　それを聞いて安堵《あんど》する。骨折は心配だけど、命に関わる怪我ではなくてよかった。

「お母さんの部屋は、廊下の突き当たり。じゃあ、飲み物用意してくるね」

　先生の娘《むすめ》さんが別の部屋へと消えていき、私たちは廊下に取り残される。

　吉永くんは私の前方に立つと、私の手を引っ張った。その勢いで、一歩前に進む。

「俺ができるのはここまで。あとは竹内が自分の足で歩かないと意味がない」

吉永くんの手が私から離れていく。

一歩、また一歩と廊下を進んでいき、典子先生の部屋のドアをノックする。

「はい、どうぞ」

部屋の中から、聞き慣れた典子先生の柔らかく響く声がした。低すぎず高すぎず、けれど芯《しん》の通った声音は、一音ごとに丁寧《ていねい》に発声されていて心地いい。

ゆっくりとドアを開いて顔を覗かせる。ベッドの上で上半身を起こし、本を読んでいる典子先生の姿があった。

菫色《すみれいろ》のカーディガンを羽織っていて、いつもひとつに結んでいた髪は下ろしている。左腕にはギプスを巻いていていて、頬には引っ掻《か》き傷のような跡《あと》が残っていた。

私を見た典子先生が、少し驚いたように目を瞬かせる。

「竹内さん、来てくれたの？　ありがとう」

軽く会釈《えしゃく》すると、こっちへ来てと手招きされた。

部屋は綺麗に整頓《せいとん》されているけれど、大きな本棚《ほんだな》が占領《せんりょう》していて圧迫感《あっぱくかん》がある。演劇についての本や小説、レコードなどが隙間《すきま》なくしまわれていて、先生の几帳面《きちょうめん》さがうかがえた。

「怪我は大したことないのよ。ただ家族から少し休んだほうがいいって言われて。ごめんなさいね。心配かけちゃって」

なにも言葉を返せない私に、典子先生は顔色ひとつ変えずに優しい眼差しを向けてくれる。

早く伝えないと、このまま無言でいるわけにもいかない。

「そういえば、誰かと一緒に来たの？　さっき男の子の声が聞こえたから、ドアを開けたのが竹内さんでびっくりしたわ」

どうしよう。紙に書くべき？　それよりもスマホに打ったほうが早い？

吉永くんと典子先生には関わりがない。どちらにせよ、私の声が出ないから付き添ってくれたことも伝えないといけない。

「竹内の付き添いです」

振り返ると、ドアのところに吉永くんが立っていた。

典子先生は笑みを浮かべたまま「あなただったのね」と言うと、吉永くんに向かって手招きをした。

「そんなところにいないで、せっかくだから入って」

「いや、俺は」

吉永くんが断ろうとしたタイミングで、典子先生の娘さんがやってきた。

「遠慮しなくて大丈夫だよ。入って入って！」

「あ、持ちます」

木製のトレーの上にグラスがふたつのっていて、それを吉永くんが受け取る。グラスをガラス製のローテーブルに置いている間に、部屋のドアが閉まった。

振り返って閉じているドアを見てから、吉永くんは気まずそうに私を見る。

「俺、いていいの？」

吉永くんなら大丈夫と、私は頷いた。吉永くんは短く息を吐いて髪を掻《か》くと、典子先生に視線を移す。

「俺のことは空気だと思ってください」

「空気？」

典子先生はおかしそうに笑う。けれど、黙り込んでいる私を見て、少しずつ真剣な表情になっていった。

「なにか大事な話があるの？」

伝えるのは怖い。だけど、吉永くんが手伝ってくれたチャンスを失うほうが怖かった。今を逃《のが》したら、もう二度と伝える機会は来ないかもしれない。

——喉の調子が悪くて話せません。

ただそう伝えるだけでいい。だけど誤魔化すような説明をするのが本当に正解なのかと、何度も自問自答を繰り返す。

喉の調子が悪いというのは、嘘ではない。けれど真実でもない。だからこそ、自分を守るような言葉で説明をするのは、不誠実な気がしてしまうのだ。

私は典子先生のベッドの横に立つと、自分の喉を指さす。すると、典子先生はきょとんとした顔で首を傾げた。

「どうしたの？　……首？」

典子先生に本当のことを話そう。

ブレザーのポケットからスマホを取り出して、急いで文字を打っていく。

【声が出ません】

「え、声が出ない？」

典子先生は口元を手で覆って、困惑したように眉を寄せた。

【学校の人といると声が出なくなりました。典子先生、私のこと気にかけてくれて、ありがとうございました。あんな形で部活を辞めちゃって、ごめんなさい】

「……もしかして、それで部活を辞めたの？」

どうしてもっと早く言ってくれなかったの？

あんなふうに辞めるんじゃなくて、打ち明けてくれたらよかったのに。

投げ出すように辞めて、周りに迷惑をかけたのよ。

そう言われる覚悟で、スマホをきつく握りしめる。すると、私の手に典子先生の手が重ねられた。

「無理して書かなくてもいいわ。話せることだけで大丈夫。今日ここに来るのも勇気がいったでしょう」

私の気持ちに寄り添うように優しい言葉をかけてくれて、泣きそうになる。

典子先生は問いただそうともしなかった。

「竹内さんが悩んでいたことに気づけなくて、ごめんなさい」

私は何度も首を横に振る。

違う、先生はなにも悪くない。

私が向き合うのが怖くて、自分を守ることしか考えていなかっただけ。典子先生に相談をしていたら、状況は変わったかもしれない。

演劇部の人たちを傷つけたり、嫌な思いをさせずに済んだかもしれない。

【ごめんなさい】

俯くとスマホに涙が落ちる。液晶《えきしょう》画面の文字は、涙で濡れて読めなくなってしまう。

指先で拭おうとすると、典子先生の右腕が私の身体を包み込んだ。

「辛い選択だったでしょう」

背中をぽんぽんと撫でられて、涙がさらに溢れ出てくる。

「打ち明けてくれて、ありがとう」

先生の服の袖を掴みながら、何度も声を上げようとしてみた。けれど一言も出てこなくて、戻る気配がない。

それでも心は前よりも少し軽くなった気がした。抱えていた悩みを、典子先生に伝えられてよかった。

「いつでも戻ってきてと前に言ったけど、声が治ったら演劇部に戻らないといけないわけじゃないわ。竹内さんがしたいことをすればいいのよ」

典子先生の言葉が、心に優しく染み渡っていく。

声が治ったら、演劇部に戻るべきだという気持ちがどこかにあった。それに心のどこかで楽しかった日々への未練もある。

人間関係が拗れてしまって戻るのは難しいし、そもそも演技を人前ですることに抵抗が生まれていて、戻ることなんてできないのに。

そういった矛盾《むじゅん》した感情が、私の声を狭《せま》い箱の中に押し込んで、出てこられなくしている。私の思い込みかもしれないけれど、そんなふうに感じた。

私が泣きやむと、声が出なくなってからのことを典子先生に詳しく話した。

しばらく話し込み、陽が傾き始めた頃、私は鞄を持って立ち上がる。

【おじゃましました。お大事になさってください】

典子先生の部屋を出る直前、吉永くんが振り返って頭を下げる。

「村上先生、この間はありがとうございました」

——この間？

吉永くんと典子先生に繋がりがあることに驚く。私たちの学年を典子先生は受け持っていないので、演劇部の二年生以外は関わりがないと思っていた。

「またいつでもどうぞ」

そう言って、典子先生は笑顔で片手を振った。

外に出ると、空は茜色《あかねいろ》に染まっていた。降り注ぐ日差しが強くて、眩《まぶ》しさに目を細める。

「話できてよかったな」

私は引き留めるように、前を歩く吉永くんの夕焼けに染またシャツに手を伸ばす。

振り返った吉永くんにありがとうと伝えようとしてみる。

声はまだ出なかった。その代わり、彼の手のひらに文字を書く。吉永くんはすぐに意味がわかったようで、微笑んでくれた。


その日の夜、お風呂のお湯に浸《つ》かりながら、典子先生との会話を思い返していた。

私がしたいことをすればいいと、典子先生は言ってくれたけれど、今私がしたいことってなんだろう。

最近楽しかったことといえば、吉永くんとスカイブルーガーデンへ行ったことや屋上でアイスを食べたこと。吉永くんと過ごす放課後の時間は、私に安らぎを与えてくれる。声が出せなくて、ジェスチャーや文字でしか会話をすることができなくても、居心地がいい。

吉永くんはどうなんだろう。

私といる時間を、楽しいと思ってくれているだろうか。

一緒に過ごしていてわかったのは、自分の意見をはっきり言うけれど優しい人。そしてなにかをしたいと思ったら、すぐに行動をする人。だけど、知らないことも多い。

『そういう同情いらねぇから』

サッカー部の人とのあの会話は、なんだったのか。いまだに聞けていない。

吉永くんは部活があるはずなのに、放課後、時々私と過ごしている。

なにか事情があるのかもしれない。

私ばかり話を聞いてもらって、助けられていて、吉永くん自身の話をほとんど聞いたことがなかった。

サッカー部の人と話したあとの吉永くんは元気がなくて、なにかに悩んでいるのは間違いない。だけど下手に口出しをして、突き放されたらと思うと怖かった。

お風呂から上がり、ドライヤーで髪を乾かしながら、スマホをいじる。

メモのアプリを開き、自分で書いた文化祭で提供できそうなドリンクメニューのアイデアを一通り読んだ。

かき氷シロップでドリンクに味つけをしてカラフルなフロートを作る案や、抹茶《まっちゃ》やほうじ茶ラテといった和カフェ風ドリンク。やっぱり、どれもありきたりで、こんなの提案しても無駄かもしれない。

——竹内がこれなら参加できるかと思ったから。言ってよかった。

吉永くんからのメッセージを思い出して、削除しようとした手を止める。

典子先生に話すきっかけも、こうして文化祭のアイデアを提出できるチャンスも吉永くんが作ってくれた。それを無駄にしたくない。

——できない理由を考えるより、方法を探せばいい。

方法を探す。それなら私にもできるかな。

ドリンクメニューというより、トッピング案とか、誰かのアイデアと組み合わせができそうなものを提案してみたら、使いやすいかもしれない。

私はドライヤーのスイッチを止めて、スマホに文字を打ち始める。

【菱形《ひしがた》に切ったフルーツゼリー。シロップで味つけをした氷。冷凍のフルーツを氷代わりにする。かき氷機で氷を削《けず》って、シャーベット風にする】

誰かとかぶるからと諦めるんじゃなくて、自分なりに違う視点の案を出してみよう。

お砂糖代わりに綿飴を使うのもいいかもしれない。

ティーソーダの案が出ていたので、そことも組み合わせがよさそうだ。

ストローで綿飴を紅茶の中に押し込みながら溶かしていく。これならお客さんも楽しめる。考えるのが楽しくて、思いつくままスマホにたくさんメモをした。

けれど、一年のときみたいに〝つまらない〟と言われたら……。

心臓がぎゅっとなり、文字を打つ手が止まる。

否定されることを考えると怖い。だけど提出しなかったら、きっと後悔する。それに吉永くんがせっかく作ってくれたチャンスを逃《のが》したくない。

考えすぎて後ろ向きになる前に、勢いに任せてメモしたものを文化祭実行委員の城田さんに送った。

その場に座り込み、脱力《だつりょく》する。

送ってしまった。大丈夫かな。使えないアイデアだったりしないかな。

すると、メッセージが届いたときに鳴る音がした。慌ててスマホを開くと、城田さんからの返信が届いている。

なんて書いてあるのか読むのが怖くて、なかなか読む勇気が出ない。

「花澄──！　ドライヤー終わった？」

「っ、うん！　今出る！」

お母さんの声がして、すぐにドライヤーを片づけて洗面所を出た。

リビングのソファに座ると、一度画面を閉じたスマホを再び開く。

もうこの案は出ていると言われる可能性もあるけれど、それでもいい。提案自体は悪いことじゃない。そう自分に言い聞かせながら、目を薄く開いてメッセージをタップした。

【ありがとう！】

一言だけだったけれど、否定するような言葉ではなくて身体の力が抜けていく。クラスの人たちからもたくさんアイデアがでているはずだし、期待せずに使われたらラッキー程度に思っておこう。

できない理由を探すより、方法を探す。吉永くんのおかげで、提出しようか悩んでいたときよりも、ずっと心が楽になった。


翌朝、目が覚めてスマホを見るとメッセージが届いていた。城田さんからだった。

【ゼリー混ぜるとか、綿飴とかのアイデアすごくいいね！　他の子のアイデアと組み合わせてメニュー作ってみてもいい？】

一気に目が覚めて、大丈夫だと返信をする。ベッドの上で足をバタつかせながら、枕《まくら》を抱きしめる。

勇気を出して、送ってみてよかった。吉永くんにも話したい。吉永くんのおかげでアイデアを提出することができたよって、もしかしたら私のアイデアを使ってもらえるかもしれないって。

誰かと嬉しいことを共有したいなんて、久しぶりに思った。こんなことを話しても、吉永くんにとってはどうでもいいかな。だけど、自分の言葉でありがとうって伝えたい。

登校すると城田さんと目が合った。普段はあまり会話をしたことがないけれど、気さくに笑いかけてくれる。

「おはよ〜」

言葉を返すことができない私は、無視にならないように軽く手を振る。

「昨日はアイデア送ってくれてありがとう！　竹内さんが考えてくれたゼリーとか綿飴のやつをみんなに共有して、そこからさらにレシピ募集《ぼしゅう》してみるね〜！」

私は、うんうんと頷く。なるべく大きなリアクションで、感じが悪くならないようにしたかった。

「他にもアイデアあったら、また送ってね〜！」

城田さんは、それだけ言うとすぐに去っていく。この場を乗りきれたことに胸を撫で下ろした。けれど文化祭の準備が進むと、こういう機会が増えていくかもしれない。

口を小さく開けて〝あ〟と言おうとしてみても、今日も声が出ない。早く治りますようにと祈《いの》るように首元に触れた。

その日の放課後、吉永くんから連絡が来た。

【今日暇？】

ドリンクメニューのアイデアを送った話をしたかったので、私はすぐに【うん！】と返事を送る。

ロッカーまで行き、教科書をしまっていると、ペンケースを教室に忘れてきてしまったことに気づいた。

学校のルールとして、綺麗に保つために教室に私物を置いたまま帰ってはいけない。担任の小柳先生はあまり厳しくないので一度くらい置いて帰っても怒られないだろうけど、一応引き返して取りに行ったほうがいいかもしれない。

二年生の教室がある階まで戻ると、声が聞こえてくる。私のクラスはまだ教室の電気がついていて、開いているドアの隙間から中を覗く。城田さんたち女子三人が居残りしていた。

「ドリンクのレシピ投票のやつ、こんな文面でいいかな」

「うん、いいんじゃない」

どうやら文化祭の話をしているみたいだ。このまま中に入ったら、きっと声をかけられる。ペンケースを持ち帰るのは諦めて、帰ろうかなと思ったときだった。

「てかさ、竹内さんってあんな感じの子だったっけ？」

聞こえてきた話題に驚いて、咄嗟に横にずれて身を隠してしまう。この声は城田さんだ。

「え、なにあんな感じって」

「いやなんかさ……大人しいっていうか、全く喋らないなって」

「瑠那のことがあるからじゃないの？」

「あー、瑠那と福楽が付き合いそうだったのに、邪魔したんだっけ」

「私が聞いたのは、竹内さんと福楽が裏で付き合ってて、瑠那が振られたって話だったけど。どれが本当なんだろうね」

神谷さんや私の噂話をしながら、城田さんたちが盛り上がっている。どの内容も私には心当たりがなかった。

「てか、竹内さんって前から無口なほうじゃなかった？」

「そうなんだけど、でも前と違う気がするんだよねー。最近なんか様子が変じゃない？」

「そういえば、ずっとマスクしてるよね」

冷や汗が背中に滲み、口元に手を当てながら後退する。

私の異変に気づき始めている人がいる。まだ声が出ないことはバレていないけれど、それでもあの短い時間の中で違和感を抱かれた。

階段を下りながら、足の力が抜けていく。最後の一段のところで、そのまま滑《すべ》り落ちてしまった。そして軽くお尻《しり》を打った痛みを感じながら、その場にへたり込んだ。

――早く治さないと。

近いうちにバレてしまうかもしれない。声が出ないなんて、知られたらどんな反応をされるんだろう。

『笑い堪えるの大変だったわ』

また誰かに笑われたり、からかわれたくない。陰で噂をされたり、変に気遣われることだってあるかもしれない。

それに私は、いつまで吉永くんの優しさに寄りかかるように頼《たよ》っているんだろう。このまま治らなかったら、私はどうなっちゃうの――。

口を開いて、必死に声を出そうとする。

「――っ」

お願い……！　小さくても、掠れていてもいいから、私の声を消さないで。

けれど何度声を出そうとしても、溶けるように消えてしまう。

私の声なのに、どうして思い通りに出てくれないの。

いつになったら、この声は戻るの？

せめて普通に話せるようになりたい。これ以上、私はなにをしたらいい？

爪が食い込むほど手をきつく握りしめながら、下唇を噛んだ。

もどかしくて涙が滲んでくる。学校で誰かに話しかけられないか、声のことがバレないかを気にする日々を過ごすのは、もう嫌だ。

下の階から足音が聞こえてくる。誰か階段を上がってきているみたいだ。慌てて手すりを掴んだけれど、手遅れだった。

「え……」

顔を上げると、しゃがみ込んでいる私を見た珠里が目を見開く。

「花澄？」

泣き顔を隠すように俯いて、涙を拭う。よりにもよって、こんなタイミングで珠里と顔を合わせることになって気まずい。

「大丈夫？」

あんなことがあったのに、珠里の声からは私を心配しているのが伝わってきて、再び目に涙の膜が張っていく。

──珠里、自分勝手な態度をとってごめんね。

大事なときに、なにひとつ伝えられなくて、主役になる夢を一緒に叶えようって約束も、放り出してごめんね。

「立てる？」

その問いかけに頷いて、手すりを握った腕に力を入れる。すると珠里が私の肩に手を添えて、支えるようにして立ち上がらせてくれた。

「なにかあったの？」

珠里と目線が交わり、私はマスクの下の唇を薄く開く。

──ごめんね。

謝りたい。話さなければいけないことがたくさんある。

「……花澄？」

──珠里。

だけど、声は届かなかった。

もう一度声を出そうと試みるけれど、口が動くだけで声は出ない。

「どうしたの……？」

見つめたまま一言も話さない私に、珠里は困惑した様子を見せた。私の声が出ないことなんて伝わるはずもない。

それに今声が出ないことに気づかれたとしたら、珠里がどんな反応をするのか想像がつかない。演劇部のみんなにも伝わるだろうか。

私が演技を笑われて、声が出なくなったと知ったら、一生懸命頑張っているみんなを傷つけるかもしれないし、もしくはそれくらいのことで?と軽蔑《けいべつ》されるかもしれない。

「……花澄、やっぱり最近変だよ」

珠里の言う通り、私は声が消えて変になってしまった。

部活を辞めて演劇から離れて、大事なものを手放したのに声は元に戻らない。

これ以上なにをしたらいいの?

「なんでなにも話してくれないの?」

瞬《まばた》きをすると睫毛《まつげ》に涙が触れて、マスクに染みていく。

「花澄……!」

私は珠里の横を通過して、逃げるように階段を駆け下りた。

——もうなにもかもが嫌だ!

けれど叫《さけ》ぶことも叶わなくて、声の代わりに涙が溢れる。自分のロッカーまでたどりつくと、扉に額を押し当てながら俯いた。

待ち合わせ場所の駅前に吉永くんの姿を見つけて、こっそりスマホのカメラモードで目元を確認する。少し腫れているけれど、赤みは引いていた。

前髪で目蓋を隠すようにしてから、吉永くんの元へ駆け寄ると、スマホ画面を見せる。

【待たせてごめんね】

けれど吉永くんからは反応がない。不思議に思って視線を上げると、吉永くんが私のことをじっと見つめていた。

戸惑いながらも、微笑みを浮かべて〝どうしたの？〟と首を傾げる。

「今日も、俺の行きたい場所でいい？」

泣いたことがバレて指摘されるのかと思ったけれど、気づかれなかったみたいだ。

私は同意するように数回頷く。

「じゃあ、行くか」

私がいくら悩んだり落ち込んだりしたって、なにも変わらない。

できるだけ心配をかけないように、先ほどの出来事も声のことも考えないでいよう。

三十分ほど電車に乗り、たどりついたのは観光スポットとして人気の海沿いにある街だった。改札を抜けて広場に出ると、吉永くんは左方向を指さす。

「目的地、あそこ」

予想外の場所に目を瞬かせた。

そこは入場料がかからず、乗り物代を払うので学生や親子にオススメされている遊び場だ。一年生の頃に同じクラスの子に誘われたけれど、部活の日と被っていて行けなかったので、ここに来るのは初めてだ。

信号を渡って歩いていくと、カラフルな電飾《でんしょく》のアーチの前についた。軽快な音楽がパーク内に流れている。学生服の子たちがちらほらいるけれど、平日の夕方はあまり人がいないようで比較的空いていた。

ふと、去年演劇部の一年生だけで披露した劇を思い出す。

学年ごとに三チームに分かれて、典子先生から指定されたテーマで脚本を考えて演じるというものだった。

私たちの学年のテーマは遊園地。いくつか脚本を考えて、典子先生からOKが出たのは、時が止まった遊園地という設定。唯一《ゆいいつ》観覧車だけが動いていて、そこに乗り込むと中に設置されたモニターに、過去と未来と今を選ぶボタンが表示される。

ボタンは一度しか押せない。自分が行きたい時間を、ゴンドラが地上に戻るまでに選ばなければいけなかった。後悔した過去をやり直すのか、心の痛みが残っている今に戻るのか、未来を見て自分がどうなるかを知りたいのか。私たちが一時間ほどで作った脚本なので、今思い返せばめちゃくちゃな部分もあったけれど、あの頃は珠里たちといい脚本を思いついたとはしゃいでいた。

そんな懐かしい記憶に想いを馳《は》せながら、私はパーク内を見渡す。ジェットコースターにメリーゴーラウンド、観覧車もある。

吉永くんは、観覧車の券売機の前で立ち止まった。

「これ乗ろう」

私たちはチケットを購入《こうにゅう》して、観覧車の列に並ぶ。あまり人がいなかったため。すぐに案内をされた。白いゴンドラに乗り込むと、私と吉永くんは向かい合わせに座る。ドアが閉まると、ゆっくりと揺れてゴンドラが進み始めた。

目の前に座っている吉永くんの視線が、どうしてか私に向けられている。

「大丈夫？」

突然話を振られて、首を傾げた。なにについて聞かれているのか、わからなかった。

「無理してるように見えたから」

私が泣いたあとだということに、吉永くんは気づいていたのかもしれない。

【それでここに連れてきてくれたの？】

「綺麗な景色でも見たら、気分転換《てんかん》になるかもしれねぇなって」

ゴンドラは賑やかなパークから離れて、上空へ向かっていく。

〝ありがとう〟とスマホに打ち、画面を見せようとすると、吉永くんは窓越しに景色を眺《なが》めていた。彼の横顔を縁取《ふちど》るような夕日が降り注ぎ、瞬きをするたびに長い睫毛が影を落とす。

私はスマホをひっくり返して膝の上に置いた。こんなにも近くにいるのに、私の言葉は文字にしないと伝わらない。

吉永くんの視線の先を追いかけるように、私も外を眺める。

空には青からオレンジ色のグラデーションがかかり、ピンク色の薄い雲が鮮《あざ》やかな影を落とす。

「ここなら俺しか見てないし、聞いてないから」

吉永くんが、優しい声音で言った。

周りの目を気にせず、私の好きにしていいということだと聞かなくてもわかった。

――気を遣わせてばかりでごめんね。優しくしてくれてありがとう。

伝えたくて口を開こうとして、首元に手を当てる。きっと今も声は出ない。

「竹内はさ、声が戻ってほしい？」

問いかけられて、目を見開く。頷くべきなのに、それができない。

私は自分の気持ちに、ずっと気づかないフリをしていた。

声が戻ってほしいけれど、戻ってほしくないという矛盾した感情を、私はいつのまにか抱えていた。

最初は演技を心から好きなみんなにからかわれたことや、演技をすることが恥ずかしくなったと言えないと思っていた。その気持ちも嘘じゃない。

だけど声が治ったところで、失ったものは取り戻せないし、演劇部にも戻れない。

そう思い始めて、心のどこかで自分の声に鍵《かぎ》をかけていた。

「変なこと聞いて、ごめん」

そんなことないと首を横に振る。

演劇部のみんなとの関係を壊したのは私なのに、珠里は私を心配して声をかけてくれた。けれど私はまた逃げてしまった。後悔や罪悪感ばかりが増えていって、身動きがとれなくなっていく。

「俺、新歓で演劇部がミニ演劇してんの観たんだ」

ナイフを胸に突きつけられたように、身体が震える。

吉永くんが、あのときの演技を観ていた？

「普段と声の出し方も表情も違ってて、教室で見る竹内とは別人でさ。すげぇなって思った」

やめて。演技のことを指摘しないで。俯いて目をきつく瞑《つむ》ると、福楽くんたち野球部の人の言葉がフラッシュバックしていく。

『笑い堪えるの大変だったわ』

『演技のときの話し方、大げさじゃね？』

吉永くんも彼らみたいに思ったのだろうか。知らないうちに、私の演技を笑われていたのかもしれない。

背筋に冷や汗が伝い、ゴンドラの中の酸素が一気に薄くなったような錯覚を起こす。息が苦しい。

「竹内の姿から目が離せなくて、ファンになったんだよ」

閉じていた目を開けて、戸惑いながら吉永くんに視線を向ける。すると、気まずそうに苦笑された。

……今なんて言ったの？

頭の整理が追いつかず、私は硬直してしまう。

思い返してみると、部活を辞めようと思っていると伝えたとき、吉永くんは動揺していた。どうしてそんなに驚いているのかと疑問だったけれど、もしかして、それが理由だったのだろうか。

「……急にごめん。俺にファンとか言われても困るよな」

吉永くんは私から視線を切り、窓のほうへ向いてしまう。

彼の頬や耳が赤く染まって見える。それに吉永くんの熱が、私にも移ったように頬が燃えるように熱い。

「今話したこと全部忘れて」

なかったことにしたくない。そんな感情が湧き上がってきて、私は咄嗟に立ち上がる。目の前に座る吉永くんの腕を掴もうとしたけれど、バランスを崩して、前のめりに倒れてしまう。

「あ、ぶねっ……おい、立つなって」

私の身体を慌てて受け止めた吉永くんは、隣に座らせてくれた。

「いきなりどうしたんだよ。てか、スマホ落ちてんじゃん」

拾わないといけないと頭ではわかっている。だけど拾い上げる時間すら今は惜《お》しい。

本当に私の演技を見て、いいと思ってくれたの？

私、変じゃなかった？

福楽くんたちに笑えると言われた演技でも、吉永くんにとっては違ったの？

瞬きをすると、目頭に溜まった涙が流れ落ちた。

「なに、泣いて……そんなに俺の話、不快だった？」

違うという意味を込めて、必死に首を横に振る。

声に出したかった。でも声を出すのがずっと怖かった。

だけど今は、吉永くんに聞きたいことや話したいことがたくさんあって、文字じゃなくて声で伝えたい。

「——っ」

「竹内、ゆっくり呼吸しろ」

指摘されて初めて自分の呼吸が浅くなっていたことに気づかされる。

呼吸って、どうしたらいいんだっけ。

そんな当たり前のことすら、私はわからなくなってしまう。空気を吸おうとしても、短く切ってしまいすぐに吐き出してしまった。

胸が詰まるような苦しさに耐えるように、手をきつく握りしめた。

私の手を包み込むように、吉永くんの大きな手が重なる。そして指先で、とんとんと合図するように叩きながら「吸って、吐いて」と言ってくれる吉永くんの声に呼吸を合わせた。そのおかげで呼吸のリズムが整っていく。

「無理に話そうとしなくていい」

そう言って吉永くんは落ちているスマホを拾おうとした。離れていく吉永くんの手を私は引き留めるように掴む。

すると吉永くんは動きを止めた。なにも言わずに、私の次の行動を待ってくれている。

喉にかかった鍵が開けられていくような感覚がした。マスクの紐《ひも》をそっと外すと、口を少し開いて空気を吸い込む。

先ほどよりも呼吸が楽だ。今なら大丈夫かもしれない。

「っ私」

弱々しくて今にも消えてしまいそうだけれど、それは確かに私の声だった。

「私……演技を笑われて、人前で演技をするのが怖くなって……」

「……うん」

「好きなことをできなくなったのが……悔《くや》しい。私の大事なものを笑われたくなかった」

「自分を笑うやつの声に耳を傾ける必要ねぇよ」

マスクを握りしめながら、私は頷く。一番大事にするべきだったのは、私の声だった。それなのに周りの評価ばかり気にして、また笑われるのかもと思って演技ができなくなってしまった。

「それに俺は竹内の演技好き」

重く黒ずんだ感情に、夕焼けのような温かくて眩しい光が当たっていく。

誰かに笑われる自分も、好きなものを恥ずかしいと思ってしまう自分も嫌だった。だけど、私の演技を好きだと言ってくれる人がいる。

それだけで心が救われた気がした。

「ぁ……あり、がと……っ、ありがとう」

何度もお礼を伝えると、吉永くんが私の背中に手を回してそっと引き寄せる。抱きしめながら、あやすように背中を優しく叩かれて堪えきれず涙が溢れた。

吉永くんの肩越しに見える夕景は、涙のせいかキラキラと輝いて見える。

「演劇部を辞めるときも、周りと揉めちゃったの。だから、声が戻っても……もう前みたいに戻れないから……そのことも怖かった」

私は自分で壊してしまった友達関係と、向き合うことができずにいた。

「本当は、竹内はどうしたかった？」

典子先生に私がしたいようにすればいいと言われたとき、その答えが浮かばなかった。だけど今ならそれがわかる。本当はずっと心の奥にあった気持ちだ。

「演技を好きな自分でいたい。……演劇部を辞めたくなかった」

だけど心に引っかかっていたのは――。

「私、自分の演技が恥ずかしいって思っちゃったの。それを演劇部のみんなに知られたら軽蔑されるかもって……そう思うと話せなかった。だから私、逃げてたんだ」

みんなは真剣に演劇に取り組んでいて、どれだけ努力をしているのか私は近くでずっと見てきた。

だからこそ、ちょっとしたことで心が折れてしまった自分が情けなく感じていた。

「部活を辞めたのだって、別に逃げなんかじゃないと思うけど」

「でも……」

吉永くんは私から腕を離すと、顔を覗き込んできた。

「無理に部活を続けていたら、今よりもしんどかったんじゃねぇの」

「そう、なのかな……」

「竹内の声は、自分の心を守るために消えたのかもな」

もしも声が消えずに、演劇部にいたとしたらと考えてみる。

福楽くんたちから笑われてからかわれたことを何度も思い出しながら、苦しんだかもしれない。そしたら、私は今以上に傷ついて、演技をすることを嫌いになっていただろうか。

「誰かが演技を笑っても、竹内は演劇が好きなんだから、自分の気持ちを大事にしたらいいと思う」

ぽっかりと空いていた心のピースに、その言葉が綺麗にはまった気がした。

私の好きなものと、周りの好きなものが必ず一緒なわけではない。

演劇を好きだと思うこの気持ちは、私だけのものだ。

「竹内の好きなもの、俺は笑ったりしない」

私の涙を吉永くんは取り出したティッシュで拭う。その優しさにさらに涙が溢れてしまった。けれど涙が流れるたびに、吉永くんは少し不器用な手つきで拭ってくれた。

「……ありがとう」

想いを声にできる嬉しさを噛みしめる。ゴンドラは頂上についたところだった。

先ほどよりも陽がさらに傾き、空は青が薄れて、ピンクとオレンジが色濃くなる。街全体は空よりも淡いオレンジ色に染め上げられていた。海の水面は、光の粒が敷《し》き詰められた絨毯《じゅうたん》のようだった。

「……綺麗だね」

思わず呟《つぶや》いてしまう。

「うん」

短い返事だった。吉永くんは景色を見渡したあと、私に視線を戻す。

「来てよかったな」

目尻を下げて微笑まれる。色素の薄い瞳には、夕焼け色が差し込んで普段よりも透《とう》明感《めいかん》のある茶色に見えた。吸い込まれそうなほど澄《す》んでいて、見入ってしまう。

頬は熱を持っていて、心拍数《しんぱくすう》が上がっている。日差しのせいか、それとも声にして伝えることができた高揚感《こうようかん》の余韻《よいん》かもしれない。

だけどひとつだけ確信したのは、私は今日のことを、この先も忘れない。

以前、私が演じた遊園地がテーマの劇が再び脳裏によぎる。ゴンドラの中で、過去と今と未来のどこに行くのか。やり直したい過去もあるし、未来も気になる。けれど、私は今を選びたい。

第四章　息ができない夜に

息ができない夜に

吉永くんと観覧車に乗った日から、しばらく様子を見たけれど、私の声は完全に戻ったわけではなかった。変化が出たのは吉永くんの前だけで、学校では話すことができないままだ。だから今もマスクを外せない。

六月も下旬に差しかかり、制服は衣替《ころもが》えを迎えた。

典子先生は、今は無事に復帰している。一度だけ校内ですれ違い、軽く会釈した。私の声のことは、担任の小柳先生に伝わっていないみたいだ。

小柳先生に知られたら、他の先生や親にまで知られてしまいそうで、そのことが気がかりだったので、典子先生が秘密にしてくれているのがありがたかった。

それと私に対して違和感を抱いていた文化祭実行委員の城田さんとも、あれから関わっていない。そのため、クラス内でも私の声が出ないことはまだ知られていない。

この日常がいつまで続くのかという漠然《ばくぜん》とした不安が、私につきまとう。

このまま卒業を迎えるのは難しい。声が出ないことをなにかの拍子で周りに知られたら、どう思われるのだろう。

頭では声が治らないと困ることばかりなのは、わかっている。

だけど気持ちの整理がなかなかつかない。自分で喉にかけてしまった鍵を、私は簡単には開けられなかった。

来週から七月になるのに梅雨はまだ明ける様子もなく、今日も朝から大雨が降っている。時折吹く風で顔に雨がかかり、気分は憂鬱だった。

通学路を歩いていると、見覚えのある傘が前方に見えた。

オーロラ色で、歩くたびに水色や紫色《むらさきいろ》に光る。それは私がさしているものと同じで、以前珠里とお揃いで買ったものだ。そして背丈《せたけ》も、傘越しに透けて見える髪型も、間違いなく珠里と一致《いっち》していた。

鉢合わせしないように歩く速度を緩める。けれど信号に差しかかったとき、目の前の傘がくるりと回った。

珠里は一瞬戸惑った様子を見せたあと、躊躇いがちに一歩近づいてきた。

「花澄……おはよう」

挨拶をされるとは思っていなかったので、足が竦《すく》みそうになる。珠里の表情は硬くて、緊張しているようだった。

「――っ」

おはようと返したいのに、今日も声が出ない。変に思われる前になにか誤魔化さないといけないのに、頷く以外できなかった。

なにも答えない私に、珠里は諦めたように背を向けた。

また同じことの繰り返しでいいの？

自問自答をしながら、私は傘の柄《え》を握りしめる。

声が出ないからって、珠里に伝えることを諦めて、それなのに未練がましく演劇部のことを思い出す。

私はいつも珠里から声をかけてもらってばかりだ。そしてチャンスを棒に振っている。傷つけているとわかっているのに、謝らなくちゃと思っているくせに、私はなにもできていない。

声が出ないことを知られるのが怖い。

だけど、それ以上に珠里との縁《えん》が完全に切れてしまうほうが私は怖かった。

ぎゅっと目を瞑ると、吉永くんと観覧車の中で見た夕焼けが脳裏に浮かぶ。私の心を支えてくれた吉永くんの言葉が鮮明に蘇《よみがえ》った。

『自分の気持ちを大事にしたらいいと思う』

珠里との会話をここで終わらせたくない。

もうあの頃みたく戻れなくても、せめて珠里に伝えたい。

——珠里。

名前を必死に呼んでも声は出なくて、珠里が振り返ることはなかった。最後の手段として隣に立つ。

すると、驚いたように珠里が目を丸くして、私を見た。震える手で、マスクを下にずらす。

――傷つけてごめんね。話しかけてくれてありがとう。

口を動かしても、私たちの間には雨音と道路を滑る車のタイヤの音しか聞こえない。話したい。だけど、やっぱりまだ話すのが怖くて、私の喉にはまた鍵がかかってしまっている。

「え……？」

珠里は口を動かしているのに一言も話さない私を奇妙に思ったのか、固まってしまう。地面を叩きつけるように降っている雨音よりも、自分の心音のほうがうるさく感じた。

「花澄、もしかして……声出ないの？」

じりっと後退すると、靴下に雨がしみ込んだ。傘の柄を握りしめたまま、唇をきつく結ぶ。

「この間も階段のところで様子がおかしかったよね。ずっとマスクしてるし、喉の不調？　それで部活来なくなったの？」

声が出なくなったことを知って、珠里がどう思うのかはわからない。こんなことをいきなり打ち明けられても、反応に困るだけかもしれない。

だけどもう伝えることを諦めたくない。

――私、と声に出そうとしたけれど、やっぱり出なくて、頷くことが精一杯だった。

傘の色が反射して、珠里の顔色が悪くなったように見える。

「声、本当に出ないんだ……」

聞いてきた珠里自身も半信半疑だったみたいだ。私がもう一度頷くと、珠里は顔を歪めて泣きそうになった。

「なんで……――なかったの？」

珠里の声が雨音にかき消されてしまう。

けれど、表情からは傷ついているのが伝わってくる。

私たちを横切っていく人たちを見て、いつのまにか信号が青になっていたことに気づいた。私たちは顔を見合わせてから、横断歩道を渡っていく。

以前とは違い、距離が開いていて、それが私たちの気まずさを表しているようだった。

「声が出なくなって部活休んだってことは、四月からってこと？」

頷く私に、珠里の表情に陰が落ちる。

「今思えば、花澄あのときから全く話してないし、もっと冷静に考えたら気づけたかもしれないのに。……ごめん」

珠里の肩を軽く叩いてから、鞄の中からスマホを取り出す。

【珠里のせいじゃない。珠里と一緒に帰ろうって約束してた日、貧血起こして保健室で休んでたの。すぐに連絡しなくてごめんね】

メッセージを打った画面を見せると、珠里は「そういうことだったんだ」と呟いた。

「私……花澄がクラスの子たちと遊びたくて、それでサボったんだって思い込んでた」

ようやく誤解が解けて、胸を撫で下ろす。

声が出なくなった理由を知られることに怯《おび》えて、ずっと相談ができなかった。だけど珠里にもっと早く声が出ないことを話せていたら、ここまで関係は悪化しなかったはず。

【今まで話せなくてごめんね】

まだ全ては伝えきれていないし、自己満足かもしれない。それでもやっと珠里に打ち明けることができた。

それから学校までの道を珠里と歩きながら、私はスマホに文字を打って会話をした。

家では声が出ることや、最近少しずつ回復し始めているかもしれないということ。

珠里は静かに相槌《あいづち》を打ちながら真剣に聞いてくれた。

けれど、クラスで演技をからかわれた話をするのを躊躇っているうちに、学校についてしまった。

「また今度ゆっくり話そ」

珠里はそう言って、先にロッカーがあるフロアから去っていった。

声が出ないことを打ち明けたとはいえ、私たちの開いてしまった距離が急激に縮まったわけではない。珠里も私にどう接したらいいのかわからないようだった。

緊張の糸が緩んだ私は膝から崩れ落ちて、自分のロッカーの前に座り込む。

「……よかった」

伝えられた安堵から思わずこぼした気持ちが、声になって聞こえてきて、両手でマスクの上から口を押さえる。

気のせいじゃない。確かに私の声だった。

近くのロッカーが閉まる音がして、びくりと肩を震わせる。しゃがみ込んでいる私を不思議そうに見ている生徒の視線を感じて、慌てて立ち上がった。

ロッカーから教科書を取り出して、その場をあとにした。

自分の声が治ったのか、早く試したい。教室に入り、すれ違った子に〝おはよう〟と挨拶をしてみる。

けれど、声は出なかった。

完全に治ったわけではないみたいだ。先ほどはひとりだと思って気が緩んだだけなのだろうか。それとも珠里に声のことを伝えられたから？

また声が出なくなってしまったのは、私の中でまだ問題が解決していないからかもしれない。

＊＊＊

今日は吉永くんから連絡が来なかったので、私は部活が終わるまでの数時間を、中学生の頃によく行った公園で過ごすことにした。

雨上がりの公園は大きな水たまりができていて、遊具も濡れている。だけど他に行き場もなくて、屋根つきのベンチの濡れていない僅《わず》かなスペースに座って、時間を潰す。

公園の横を、中学生の女の子ふたり組が通りすぎていく。

ひとりの子の横顔が珠里に似ていて、どきりとした。それに制服が、私たちが通っていた中学のものと同じだった。

楽しげに会話をしている彼女たちの姿が、過去の自分たちと重なって見える。

中学生の頃――私と珠里はふたりで演技の練習をして、披露し合っていた。

珠里が箸《はし》で摘《つ》み上げた卵焼きに息を数回吹きかけながら、そうっと口の中に放り込む。存在しない湯気がそこにはあった。

言葉にならない声を上げて肩を竦ませながら、舌の上でそれを転がした。そして片手で口元を軽く押さえながら、熱を逃すように口呼吸を繰り返している。

目があった瞬間、珠里のスイッチが切り替わった。熱そうに見えた卵焼きを平然とした表情で咀嚼《そしゃく》して飲み込むと、私に『どう?』と問いかけてくる。

『熱そうに見えた?』

『湯気が見えた』

『大げさ〜!』

『本当。見えたよ、湯気』

冷えきった卵焼きを、さも熱々のように食べて見せた珠里が声を上げて笑う。あの頃、演技に熱中できる毎日が楽しくて仕方なかった。

──やっぱり私、演技をもう一度やりたい。

完全に演劇から離れるなんてできない。部活を辞めても、演劇に関することばかり考えてしまっている。

恥ずかしいって気持ちが大きくなって、演技をすることが怖くなってしまったけれど、好きだって気持ちはまだ心の中に残っている。

そのことに気づけて、私は目に涙を浮かべながら、こぼれ落ちないように空を見上げた。どんよりとした分厚い雲の切れ間から、淡い光が差し込んでいて薄らと虹《にじ》が見える。

スマホのカメラモードを起動して、その風景を写真に収める。

吉永くんと見た観覧車の景色とは、また違った美しさだった。この景色も一緒に見たかったたな。

そう思いながら、メッセージを開く。写真を送ったら迷惑だろうか。

綺麗だと思ったものを共有したい。だけどそれ以上に吉永くんに会いたかった。

そして今も私は演劇が好きで、もう一度やりたいということを彼に話したい。

自分の声を聞くべきだった。耳を塞ぎたくなるような声が聞こえることがあっても、大事なのは私自身がどう思うかだ。

メッセージをなんて送るか迷って、何度も打ち直す。話があると書くと重苦しい。言葉がまとまらなくて、勇気を出して通話ボタンを押した。

勢いで押してしまい、すぐに切るか迷う。もしかしたら、部活かもしれない。だけどあたふたとしているうちに、電話が繋がった。

『竹内?』

「あ……あの」

自分から電話をかけたくせに、なにから話すべきかまとまらない。

『なにかあった?』

「に、虹が見えて!」

『虹?』

そんなことで?と呆れられそうで、必死に続きの言葉を考える。

「今ちょうど虹が見えたから、写真を撮ったんだけど送るか迷ってて……それで、その……」

下手くそな説明に頭を抱えたくなった。どうしてもっと上手い言葉が浮かばないんだろう。すると、電話越しに吉永くんが笑った。

『これじゃ虹見えねぇじゃん。テレビ電話して』

「あ、うん！」

通話画面のカメラマークを押すと、テレビ電話に切り替わった。私から見える画面は、石段だった。どうやら吉永くんがいる場所みたいだ。

『竹内、インカメラになってる』

「え！　ちょっと待って！」

急いで矢印を押して、外カメラにする。ずっと私の顔が映っていたのかと思うと恥ずかしい。

『虹どこ？』

「右側の雲の近く。……見える？」

『んー……あ、あれか。見えた』

「ごめんね。急に電話しちゃって」

今日は連絡が来なかったので、部活かと思ったけれど、違うみたいだ。ひょっとしたら、なにか用事があったのかもしれない。それなのに確認も取らずに勢いで電話をかけてしまった。

『いや、平気。……俺の景色もあげる』

カメラが動く。深い緑色の木に囲まれた石段で、葉の隙間から青空が見えた。吉永くんが階段を上りきると、学校らしき建物が映る。

『これ、俺が通ってた中学』

階段を毎朝のぼって通うのは大変だったことなど、吉永くんの中学の話を聞いていると、だんだんと陽が落ちてくる。

「あのね、吉永くん。私……今度話したいことがあるんだ」

電話で伝えることもできるけれど、会って話したい。

『じゃあ、今夜会う？】

「え？」

私は目を瞬かせる。吉永くんと過ごしていたのは、いつも夕方で夜に会おうと言われるのは初めてだった。

急用があるのだと思って、提案してくれたのかもしれない。

「急ぎとかじゃないから、明日でも大丈夫だよ」

『竹内が平気なら今夜は？　俺も見せたいものがあるし』

「見せたいもの？」

『うん、夜じゃないと見せられないもの』

一体なんなのか想像がつかず、気になる。近場であれば、夜に少し出かけても問題なさそうなので、私は「九時までなら大丈夫」と伝える。

『じゃあ、八時に竹内の地元で待ち合わせ。その公園って、駅に近い？』

「うん。駅から数分でつくよ」

私は今いる公園の場所を送り、夜の八時に待ち合わせをすることになった。


夕飯を食べ終わったあと、お母さんには友達と少し話してくると言って、八時前に家を出た。Tシャツとジーンズといったラフな格好で、ちょっとだけ気恥ずかしい。けれど一度脱いだ制服で出かけるのもお母さんに変に思われそうなので仕方ない。

まだ地面はところどころ濡れているけれど、夜空は雲が消えて晴れていて、無数の星が瞬いていた。

公園に足を踏み入れると、目の前に広がる光景に私は呆然《ぼうぜん》と立ち尽くす。

「え……？」

ブランコのすぐ横にある草原が、黄緑色に光っていた。

それはまるで蛍の光のようで、夜を淡く照らしてくれている。そしてすぐ近くには制服姿の吉永くんが立っていた。

「蛍、いつか見せるって言っただろ。本物は無理だったけど、せめて蛍っぽい光で再現できねぇかなって思って」

吉永くんの下の名前が、蛍《けい》と読むのだと知った日、私にいつか見せると約束をしてくれた。本物ではないとしても、こういう形で叶えてくれるとは思いもしなかった。

引き寄せられるように足を進めていく。

「この光って……」

「祭りとかで子どもがつける光る腕輪あるじゃん」

「ケミカルライト?」

「そう。それが中学の近くにあるスーパーに売ってたから、試してみた」

近くまで行き、見下ろすと草の間に黄緑色の輪っかが見える。夜がいいと言ったのは、蛍の光を再現してくれるためだったんだ。

「ありがとう、吉永くん。すごく綺麗」

草原で光を放つケミカルライトは、夜空の星よりも私にとっては煌《きら》めいている。光の中に足を踏み入れると、幻想的な空間に迷い込んだみたいだった。

ふと今まで吉永くんと過ごした放課後のことを思い出す。

海の中にいるような体験と、屋上、観覧車。そして蛍。

既視感《きしかん》を覚えて、どくりと心臓が跳ねる。

――全部、私が今まで演劇部でやってきた演目と繋がっている……？

「……吉永くんの行きたい場所って、どうやって決めたの？」

目が合うと、吉永くんは優しげに微笑んだ。

「俺、竹内の演技のファンになったって言ったろ」

私の過去の演劇を連想させるような場所に、吉永くんは連れて行ってくれていたということなのだろうか。

「でも……新歓のときに初めて私の演技を観たんだよね？」

「うん」

「それなら、どうして……新歓よりも前の演劇の内容を知っているの？」

「他の演劇も観たくなって、村上先生に過去の演劇の動画をまとめたCDを貸してもらった」

過去の動画を観るほど、吉永くんが演劇にハマってくれていたことに驚いた。それに典子先生のお見舞いに行った日、ふたりが顔見知りだったのは、そのことがあったからなんだ。

「俺、竹内が演技をしている姿が好きだったんだ。動画を観るたびに、次はどんな役なのか楽しみだった」

　吉永くんの声や表情から、本気でそう思ってくれているのが伝わってくる。

「押し付けだってわかってるけど、竹内に少しでも演劇部にいた頃の気持ちを思い出してほしくて、勝手に連れ出したんだ」

「……そうだったんだ」

　吉永くんは、演劇が好きなのに諦めようとしている私のために、放課後に行く場所を考えてくれていたんだ。劇とリンクするような場所を探すのは、きっと簡単なことではなかったはず。

「……ありがとう、吉永くん」

　一生懸命やっていたことを笑われて、演技をするのが怖くなった。これから先、人目を全く気にせず演技をする自分には戻れないのだと思う。

　けれど私の考え方次第で、不安や恐怖心は形を変えていけるのかもしれない。

「私ね、やっぱり演技をするのは怖いんだ」

　誰かひとりにでも指を刺されて笑われたら、そのことばかりを気にしてしまう。そうして傷ばかりが深くなって膿んでいく。

「笑われたくないし、恥ずかしい思いもしたくない」

もうこのままでいいや。触れたらもっと痛むだけ。目を逸らして、じくじくと痛む傷を無視していた。

「でも誰かに笑われたからって、自分の好きなものを手放すのも嫌」

自分の心に薬を塗《ぬ》ってあげられるのは、私だけだ。

吉永くんや、典子先生にたくさん優しさという薬をもらって、それを私は抱えたまま傷口に塗ることを躊躇っていた。

でも今は、私の傷にどの薬を塗ったらいいのかわかる。

——誰かが演技を笑っても、竹内は演劇が好きなんだから、自分の気持ちを大事にしたらいいと思う。

吉永くんの言葉を思い出しながら、私は微笑む。

「私、演技が好き。舞台にはすぐに立てないとしても、演劇に関わっていたいって思う」

自分の中の決心を、初めて口にできた。言葉にするのは勇気が必要で、緊張と高揚感が混ざり合って声が少し震えてしまった。

「部活、戻るんだな」

吉永くんの言葉に私は頷く。もう演劇部には戻れないと、今まで思っていた。だけどこのまま諦めたくない。

「みんながまた受け入れてくれるかはわからないけど。それでもちゃんと全部伝えようと思う」

どんな反応をされるのか怖い。けれど、いくら考えてもそれは私の頭の中の想像でしかない。

「たくさん励ましてくれて、ありがとう。それと私の演技を好きだって言ってくれて、ありがとう」

放課後に連れ出してくれたおかげで、ひとりぼっちの憂鬱な時間を過ごさずに楽しい日々を送れた。そして、私の中で演劇がどれほど大きなものだったのかに気づけた。

「……俺は大したことしてねぇよ」

吉永くんは、どこか苦しげに微笑む。

「そんなことないよ」

「竹内が心配だったのもあるけど、放課後に一緒に過ごすって言い出したのは、俺の身勝手な理由だし」

ふと、頭に浮かんだのはある疑問だった。

『その代わり、欲しいものがある。竹内の三ヶ月』

あの日、約束を交わした理由を私は今も知らない。

「どうして、三ヶ月一緒に過ごす約束だったの？」

私の質問に、数秒の沈黙が流れる。そして吉永くんは躊躇いながらも、口を開いた。

「……俺、部活休んでるんだ」

「え？」

「顧問が学校で広まらないようにしてくれてるから、知ってるやつは少ないけど。春休みにサッカーの練習中に左足を怪我して、それから休んでる」

部活があるはずなのに、私と一緒に放課後を過ごしていたのは、そういう理由だったんだ。

「大事な時期なのに……馬鹿だよな」

吉永くんは視線を下げて、辛そうな表情で自分の左足を見つめる。

「何度か同じとこを怪我してて、癖になっていたみたいでさ。病院でも完治するまで、無理に運動しない方がいいって言われて、部活休むことにした。それで……」

僅かに声のトーンを落として、吉永くんは言葉を続ける。

「監督から、新しいメンバーで今年の選手権に出るって言われて、スタメンから外された」

「選手権って大会?」

「うん。一年の冬に俺が出場したやつ」

吉永くんが一躍有名になった大会のことだと、すぐにわかった。

「それって……怪我が治ってもスタメンに戻れないの」

「戻れる保証はない。それなのにサッカーを続ける意味があるのかわかんなくなってた。ただ漠然と試合に出られないままサッカーに打ち込んで、この先の俺になにが残るんだろうって」

前髪を掻いて、吉永くんが苦笑する。

「今まで頑張ってきたものが全部無意味に感じて、部活を辞めるか悩んでたんだ。なにしてもつまんなくて、学校に来るのも面倒だった」

「でも」と吉永くんは言葉を切って、視線を上げた。黄緑色の光が灯る中で、私たちは見つめ合う。

「そんなときに竹内の演技を見て、久々になにかに釘《くぎ》づけになった」

「……新歓のときのやつ?」

「それ。時間潰したくて、適当に校内ふらふらしてたら体育館のほうから声が聞こえてきて、覗いたんだ。そしたらちょうど演劇が始まったところだった」

「けど、私の役よりも先輩たちの役のほうが印象に残ったんじゃない？」

私は主役といっても新入生の役で、どの部活に入るか悩んでいる女の子で、勧誘している演劇部の子たちのほうが個性的で印象に残るシーンが多かった。

「前にも話したけど、教室で見る竹内と違ってて、演技ってすげぇなってなったんだ。竹内の役って、制服も俺らと同じだし、見た目も普段と変わってなかったけど、それでも違う人物になってた」

新入生役の私は、いつも通りの制服と髪型で、性格だけが異なっていた。明るくて好奇心旺盛《こうきしんおうせい》だけど、本当にやりたいものが見当たらない。普段の私よりも声のトーンは高くて、表情豊かな設定だった。

「劇の中でも言ってたけどさ、何者にでもなれるってこういうことかって」

それが私たち演劇部の伝えたいことだった。観てくれた吉永くんに伝わったのだと思うと、舞台は成功だなと嬉しさを噛みしめる。

「竹内のことが、羨《うらや》ましかった」

「……羨ましい？」

「俺はサッカーを続けた先に残るものとか、そういうのばかり気を取られていたけど、竹内は好きなことを、心から楽しんでいるように見えたから」

吉永くんの目に、私の姿がそんなふうに映っていたんだ。あの頃の私は、ただ好きなことに夢中だった。だけど、声を失って退部した今は、その日々がどれほど幸せだったのかわかる。

「五月に入ってから顧問に呼び出されて、復帰してもスタメン入りは確約できないけど、もう一度頑張らないかって言われたんだ。それに、進路のためにもいたほうがいいって。……たぶん、俺が辞める気なの察してたのかもしれない」

先生たちは進路のためにと言うけれど、目標や居場所を失って部活を続けていくのは、容易なことではない。放課後の時間は、なにかに夢中にならなければ私たちにとっては長く感じる。それを私は声が出なくなって初めて実感した。

「怪我が完治して復帰できる夏休み前までに決めろって言われて、迷ってた。そしたらその日の放課後に、非常階段で竹内を見つけたんだ」

「え……じゃあ、もしかして三ヶ月って、吉永くんが部活のことを決める期限？」

五月から夏休み前までなら、約三ヶ月時間がある。私の言葉に吉永くんが頷いた。そろそろ期限が迫《せま》っているはず。吉永くんはもう決めたのだろうか。

「……復帰するの？」

「しばらく離れてたし、前みたいには戻れねぇかもしれないけど。周りの意見や、先のことに囚《とら》われるよりも、俺が好きなこと好きなだけしたい。だから、復帰することにした」

吉永くんがニッと口角を上げる。その表情は晴れ晴れとしていて、決心がついたのだなと感じた。

「辞めてもどうせ後悔すんだよ。だったら、飽《あ》きるまで好きなことやってやる」

「そうだね。私も飽きるまで好きなことしていたい」

お互いに悩みが全て消えたわけではないけれど、それでも自分の中の止まった秒針を、もう一度動かすために足を踏み出す。

泣きそうになるのを堪えながら私は微笑む。

「じゃあ、もう私たちの三ヶ月は終わりだね」

私も吉永くんも、これからは別々の放課後を過ごし始めることになる。

いきなり強くなれたわけでも、悩みが消えたわけでもない。

まだ私たちは、不安の中に立っている。けれど淡い黄緑色の光は優しくて、私たちの心を温かく照らしてくれているみたいだった。

私は吉永くんに手を伸ばすと、その手を吉永くんが握ってくれる。こうして一緒に過ごせなくなるのは、名残惜《なごりお》しい。

「またいつでも好きなときに会える」

今までのようには会えないとしても、私たちの繋がりは消えないと言ってもらえているみたいだった。

「吉永くん」

涙声になりながら、彼の名前を呼ぶ。

「……そばにいてくれて、ありがとう」

蛍のような光の夜、私はもうひとつ自分の好きなものが増えた。

きっとそれは、気づいていなかっただけで、もっと前から惹《ひ》かれていた。

優しく光るこの想いを、いつか彼に伝えられますように。

君がいてくれたから

第五章　君がいてくれたから

翌日の放課後、珠里に連絡を入れた。今日演劇部のみんなに話をしに行くことを伝えると、すぐに【待ってるね】と返事が来た。

事情を知っている珠里がいるだけで、私は心強い。

帰りのホームルームが終わって十五分くらい経つと、教室にいた生徒たちはいなくなった。部室に向かうために立ち上がると、吉永くんが廊下から顔を覗かせた。

「部活？」

短い問いかけに私は頷く。

「俺も今日、顧問と話してくる」

お互いに頑張ろうと言いかけて、私は口を噤《つぐ》んだ。今はそれよりも、もっと別の言葉を伝えたい。

「好きなこと、飽きるまでしようね」

吉永くんは顔をくしゃっとさせて笑った。

「おう。じゃあ、行ってくる」

「私も行ってくるね」

廊下に出るとお互いに別方向を歩いていく。吉永くんは顧問と待ち合わせをしている進路指導室へ。そして私は演劇部の部室へ向かう。

階段をのぼり、左へ曲がる。それから直進して廊下の突き当たりまで行くと、演劇部の部室があった。

部屋の中からは、賑やかな声が聞こえてきた。口元を覆っているマスクに触れる。演劇部のみんなの前で声が出るかわからない。声が出ない私を、学校でずっと守っていてくれたマスクを外すのが怖い。

「今日、私たちの本読みを聞いてもらいたい人がいるんです」

ドア越しに珠里の声が聞こえてくる。そしてすぐに私のスマホにメッセージが届いた。

【部室入れる？】

このドアを開ければ、注目が集まる。まだ怖いけど、それでもドアを開けないと、なにも始まらない。

深く息を吸って気持ちを整えてから、ドアに手をかける。建てつけの悪いドアがガタガタと前後に揺れる振動で、擦りガラスが音を立てた。

振り返った部員たちが、私の姿を見ると、表情が抜け落ちていく。その中にふたりほど知らない顔がある。おそらく新入部員だ。

「え……」

そして声がだんだんと消えていき、室内が静まり返った。

部室に入るのは躊躇いがあって、廊下との境界線を越えることができない。

みんながよく使っている制汗剤《せいかんざい》のシャボンの香りが、ほんのりと鼻腔《びくう》を擽《くすぐ》った。

黒板には配役やスケジュールが書かれていて、端っこには落書きがされている。部屋の後ろ側にはたくさんの小道具や衣装。数ヶ月こなかっただけなのに、懐かしさを覚える。

「花澄、私たちの本読み聞いてくれる？　あとこれも一応渡しておくね」

淡い水色の表紙がついた台本を珠里から手渡される。

「なんで花澄が来たの？」

「演劇部辞めたのに、本読み聞いてもらう意味なくない？」

無断で休むようになり相談もなく辞めた私を、部員たちがよく思わないのはわかっている。みんなからの冷たい視線に、足が竦みそうになった。

戸惑っている様子だった部員たちに、典子先生が軽く手を叩いて注目を集めた。

「さ、始めましょう」

私は立ち尽くしたまま、少し離れた位置からみんなを眺める。

台本は、主人公である珠里の語りから始まった。大人になり、高校生の頃の後悔を思い出すシーンだ。

本音をのみ込み、周りの目ばかりを気にして合わせて、クラスの中で傷ついている子たちを見て見ぬふりをしてしまった主人公。

「もしもあのとき、私が声をかけることができていたら……なにかが変わってたのかな」

珠里がちらりと私を見る。まるで私に言われたようなそんな気分になった。

不思議なスマホを拾い、画面に表示された時間が逆走していく。そして気がつくと、高校生に戻っていた。

最初は夢だと思っていた主人公は、だんだんと現実だと理解していく。

「これって、もう一度やり直せる……？」

そこから主人公が未来での後悔を消すために自ら行動を起こしていく。言えなかった想いをクラスの友人たちに伝えるために、何度も勇気を出して踏み出す。

「私……ずっと言えなかった。傷つけちゃうかもって怖くて。だけど、本音をのみ込み続けることで傷つけることもあるんだって気づいたから」

珠里の声や表情から、主人公の必死さが伝わってくる。そして今の私には珠里のセリフが心に刺さった。

「笑っていても本心では思ってないのかもって、考えちゃうときがあったの」

主人公を取り巻くクラスメイトたちの悩みや発言もリアルで、時折胸が締めつけられる。台本をめくりながら、ストーリーとみんなの演技に私は引き込まれていく。

話し方や声、登場人物の感情の汲み取り方、そして表情。目の前で、台本の中の登場人物たちが息をしている。

――私もあんなふうに、もう一度演技がしたい。

吉永くんの言葉の意味を実感した。好きなことに夢中になっている人たちが、羨ましい。自分もあの場所に立ちたい。

好きなことを、手放したくない。

ページをめくると、大きな赤い字で〝花澄のセリフ〟と書いてある。

――え？　私のセリフ？

けれどそこは空白になっていた。

「ずっと話したいことがあったの」

珠里の台本にはないアドリブに、他の部員たちが目を見開く。しかも珠里の視線は私に向けられていた。

「あのとき話を聞こうとしなくて、ごめんね」

呆然と立ち尽くしている私の元へ歩み寄ってくると、珠里は心配そうに見つめてくる。

「花澄の気持ちを、教えてほしい」

このアドリブは、珠里が作ってくれたきっかけだ。

台本にはない私の気持ち。ずっと心に溜め込んでいた本音を、私の声で伝えたい。

廊下との境界線を越えるように、演劇部の部室に足を踏み入れた。

「――っ」

声を出す寸前のところで、言葉をのむように唇を結んでしまう。

話しても伝わらないかもしれない。そんなこと今さら言われてもって思われるかもしれない。だけど、みんなに受け入れてもらえなかったとしても、なにもしないで好きなことを諦めて終わりになんてしたくない。

マスクの紐を震える指先で摘《つ》む。声が出ない私をずっと守ってくれていたお守りを外し、息を深く吸い込んだ。

「……ゎ、私……声が、しばらく出なくて……人と話せなくなっていて……っ」

私の発言に部室がざわめく。顔を見合わせている子や、呆然と私を見つめている子。

みんなが戸惑っているのが表情から伝わってくる。

「いつから？」

部長の問いに、マスクを握りしめながら私は声を振り絞る。

「……新歓のあとくらいからです。今はようやく学校で声が出るようになりました」

「もしかして部活来なくなったのって、それが原因？」

頷いてから、言葉を付け足す。

「それも、原因です」

息が浅くなり始める。みんなに全てを話して、軽蔑されたらと思うと怖い。だけどもう周りの声を気にして、俯いて過ごすのをやめたい。

「……私の演技を、クラスでからかわれるようになったんです。それで……演技をするのが恥ずかしく思えて……」

私の吐露《とろ》に場が静まり返る。けれどそのまま話を続けた。

「演劇が大好きなはずなのに……また笑われるのが怖くて演技ができなくなって、恥ずかしいって思った自分が嫌でたまらなかったんです。こんなこと思って、ごめんなさい」

心臓の鼓動《こどう》が普段よりも速くて、手には汗が滲んでいる。みんなと目を合わせられない。

誰かのため息が聞こえてきた。呆れられたかもしれないと、ますます萎縮してしまう。

「花澄、私は正直もっと早く本当の話してほしかったって気持ちもある」

部長の言う通り、早くに打ち明けるべきだった。そしたら、ここまで拗れなかったかもしれないのに。

「私がなにも話さずに辞めたせいで迷惑かけちゃって、ごめんなさい」

みんなの反応が怖くて、俯く。

「……面白がってからかってくる人っているよね」

数秒の沈黙のあと、三年の先輩がぼそりと呟いた。すると他の人たちも声を上げ始める。

「私、演劇部なんだし、大きな声出るだろって言われたことある」

「演劇部だからって普段から大きな声なわけじゃないのにね」

私は呆然とみんなの話を聞いていた。

「あとさ、クラスに演劇部多いから合唱祭期待してるとか言われたことある！」

「演劇部だからって、歌上手いって決めつけんのもやめてほしい！」

「わかる！　枕詞《まくらことば》に演劇部つけんなってよくなるよね〜」

みんな、心の中に溜め込んでいたものを吐き出すように、辛かったことを話し始める。

好きなものを笑われたり、演劇部だからという理由でなにかを強要されることもあって、今まで話さなかっただけで、それぞれ抱えていたんだ。

私、自分の傷ばかり見ていて、周りの人たちの傷を全く知らなかった。

「花澄が部活に来なくなったとき、グループから追い出すんじゃなくて、私が話を聞きに行くべきだった」

目の前に座っている部長が、申し訳なさそうにしながら私の手を取った。その手の温かさに目頭が熱くなる。

「私がみんなにメッセージ送ればよかったのに……事情を話したら軽蔑されるかもって怖くって……連絡ができなくて。ごめんなさい」

「軽蔑なんてするわけないでしょ」

珠里が目に涙を溜めて、口をへの字に曲げる。

「気づけなくて、ごめん。でも花澄がなにに悩んでいるのか、なにを考えているのか、こうなる前に教えてほしかった」

謝りたいことは山ほどある。何度ごめんなさいと言っても足りないくらいだ。だけど、今一番みんなに、私の声で伝えるべきなのは別の言葉のように思えた。

「私……できるなら、演劇部に戻ってきたいです」

またいつ声が出なくなるかわからない。舞台に上がるのも難しいかもしれない。けれど、雑用でもなんでもいいので、私は演劇に関わっていたい。

「戻っておいで」

部長が優しく微笑んでくれた。視界が滲み、瞬きをするとぽろぽろと涙が頬を伝って机に落ちていく。

心の中にぐちゃぐちゃに散らかった感情が、ひとつずつ片づけられていく気がした。

これから先、また傷つくことだってあるはず。

だけど、自分の好きなものを大切にしたい。たとえ他の誰かとは好きなものが違っていても、大事なのは自分の気持ちだから。


その後、私はもう一度入部させてもらった。演劇部に戻ってからは、学校で少しずつ声が出るようになり、マスクをするのをやめた。不安が完全に消えたわけではないけれど、それでも以前よりは心が軽い。

吉永くんは顧問の先生と話をして、再びスタメンに戻れるようにトレーニングを開始することになったそうだ。

そして夏休みに入ると、学校は文化祭の準備で賑わっていた。

私は演劇部が披露する台本を必死に暗記して、小道具を一から作る作業や、クラスで出すドリンク店の準備に追われていた。

吉永くんは部活がない日はクラスに顔を出して、店舗《てんぽ》の看板作りなどを手伝っている。話す機会が減っていき、少し遠い存在のように思えて寂しくなることもあるけれど、それでも吉永くんの表情が前よりも明るくなった気がした。

「氷貰ってきたよ〜」

文化祭の準備は外観グループとレシピグループに分かれて、私はレシピグループになった。教室で机をくっつけて、作業場を作り、透明なプラスチックカップを並べる。

みんなで考えたレシピを一通り試してみることになり、試飲をして最終メニューを決める予定だ。

「これ、どっちの味がいいと思う？」

「ストレートティーとサイダーより、レモンティーと合わせたほうがいいかも」

紅茶とサイダーを合わせたティーソーダや、カフェラテにホイップをトッピングしたものなどを、レシピ担当の子たちが作っていく中、私は自分で提案したドリンクに取りかかる。

カップの中に氷とかき氷のメロンシロップ、事前に作っておいたピンクや黄色などのゼリーを星の型で抜いたものとナタデココを入れる。そして、そこに炭酸をそっと注いだ。

黄緑のグラデーションのようになり、しゅわしゅわとした気泡《きほう》が立ち上っては消えていく。まるであの夜見た光のようだった。

「それ、綺麗だな」

振り返ると吉永くんがいた。驚きのあまり叫びそうになり慌てて口を閉ざして、小さく頷く。

「……平気？」

私の声がまた出なくなったのかと思ったのか、心配そうに顔を覗き込まれた。

「だ、大丈夫！　飲んでみる？」

カップの中にストローを入れて、吉永くんに渡す。

くるりとストローが回り、黄緑色がサイダーと混ざっていくと、グラデーションから単色になっていった。

「うまい。あれ、なにこれなんか入ってる。……星？」

一口飲んだ吉永くんが、不思議そうにカップの底を見つめる。星の形のやつは私が昨晩家で作ってきたものだ。

「かき氷のシロップで色づけしたゼリーだよ。柔らかめに作ってあるから、ストローで潰して飲んでもいいし、そのますくい上げて食べてもいいかなって」

「へー、こういうメニュー考えられんのすげぇ。てか、メロンソーダって店以外で初めて飲んだ」

「蛍の光みたいで綺麗だよね」

吉永くんは私がこのメニューからなにを連想しているのかわかったようで、嬉しそうに微笑む。

「うん。俺もこれ気に入った」

他にもイチゴシロップでも作る予定だけれど、メロンソーダはどうしてもメニューに入れたかった。メニュー化されることを願いつつ、レシピ工程をメモしていく。

「竹内はこれ飲んだ?」

「ううん、まだ」

「飲んでみて」

ストローと吉永くんの顔を交互《こうご》に見ながら、蝶番《ちょうつがい》が錆《さ》びたドアのように動きが鈍《にぶ》くなる。これはこのまま飲んでいいものなのだろうか。けれどわざわざストローを変えるのも変に意識しすぎだと思われるかもしれない。

カップの中に入った氷がからんと揺れたタイミングで、ストローに手を伸ばす。

ゼリーの部分をちょっとだけ潰してから、メロンソーダを吸い込んだ。

しゅわしゅわと舌の上で跳ねる炭酸と甘いメロンソーダの風味。そして細かくなったゼリーがつるりと口の中に入ってくる。

「うまいだろ」

「う、うん。……作ったの私だけど」

まるで自分が作ったかのように自信満々に言う吉永くんにやんわりとツッコミを入れると、おかしそうに笑われた。

心臓が掴まれたような妙な感覚になる。普段あんまり声を上げて笑わない人が見せる無邪気《むじゃき》な笑顔はずるい。

「ごちそうさま」

残りをあっという間に飲み干すと、吉永くんは看板作業に戻っていった。

とりあえずおいしいと言ってもらえてよかった。あとはゼリーの量を調節したほうがいいかもしれない。あまり入れすぎると当日にゼリーだけなくなるということが起きてしまいそう。

ゼリーも、丸い型とかハートでくり抜いてもかわいい。家にクッキーで使う型がいくつかあるので、それを思い浮かべながら、メモする。すると城田さんが、私に声をかけてきた。

「竹内さんのゼリー少しもらってもいい？」

――竹内さんってあんな感じの子だったっけ？

――大人しいっていうか、全く喋らないなって。

以前、城田さんが話していた内容を思い出して、身体が動かなくなる。陰口を言われたわけじゃないのに、彼女を前にすると急に話すのが怖くなった。

私が頷くと、城田さんは「ありがと〜」と言って、星型のゼリーが入っているタッパーを開ける。

このまま乗りきることもできるかもしれない。だけど、もう私の声はあのときとは違う。

なにも怖いことなんてない。大丈夫。

「……っ、城田さん！」

勢いよく名前を呼んでしまい、城田さんが目を丸くする。

「あの……ゼリーの形とか、味でいい案があったら教えて！」

言いきると心臓がバクバクとしていた。たったこれだけの言葉ですら緊張はまだするけれど、それでも声に出せたということが私にとっては大きい。

城田さんは、にっこりと笑って頷いてくれた。

「もっと色があったほうがカラフルでかわいいかも！　オレンジとかぶどうジュース使って、色のバリエーション増やすのは？」

「それいいと思う！」

「あ、でも竹内さんひとりは大変だし、ゼリー担当他にも作ろうよ！」

城田さんの提案で、私以外にもゼリーを作る担当の子が増えて、どんな色のゼリーを作るのか話が進んでいく。

「ゼリーを凍らせて、氷代わりにならないかな？」

案を出してみると、城田さんが食いつく。

「それ明日やってみようよ！　私作ってくる！」

人前で話すことへの不安が完全に消えたわけではないけれど、言葉に出すことでいい方向に変わっていくことだってある。

みんなで案を出したり、ふざけ合って笑ったり、この日初めてクラスの子たちに馴染めた気がした。

夕方の四時になると、片づけが始まった。

使ったカップとストローを捨てる前に水洗いをしていると、ゆらりと私の隣に影が落ちる。振り返ると、予想外の相手に顔が強張った。

「あのさ、竹内」

福楽くんと目が合い、逸らしたくなる。けれど、私よりも先に彼のほうが視線を下げた。普段の彼とは違って、なにか思い悩んでいるように見える。

「話があるんだけど」

決まり悪そうに話しながら福楽くんは、手のひらを握りしめた。その手が赤くなっていく。かなり力を入れているようだった。

演劇部を結局辞めていないことを指摘されるんだろうか。それとも文化祭関連で、なにかしてしまった？　とにかく落ちつかなくて、胃のあたりが鈍く痛む。

「演技のことからかって、本当ごめん」

「え……？」

「なんていうか……その、調子に乗りすぎた！」

散々笑い者にされてきたのに、調子に乗ったと言われて、そうだったんだとは受け入れられない。それに私が許してくれると思っていそうな気がして、ふつふつと怒りが込み上げてくる。

「退部しなかったって聞いて、よかったって思ったけど、もう一度ちゃんと謝らねぇとって……」

私が今まで苦しんで悩んでいたことを、〝退部しなくてよかった〟と簡単に言われたことに、憤《いきどお》りで身体が震えた。

「……っ私、ずっと嫌だった」

涙目になりながら、福楽くんに抱えていた感情をぶつける。

「演技のことをからかわれて、教科書読み上げろって言われて、好きなことを笑われるの本当に嫌で学校に行くのが憂鬱だった！　私、福楽くんたちのおもちゃじゃないよ」

怒りに任せて勢いで話してしまい、心臓の鼓動が痛いほど激しい。血液が沸騰《ふっとう》しているのではないかと思うほど、身体が熱かった。

「……ごめん」

福楽くんの声は、微かに震えている。

「俺……新歓の演技見たとき、すげぇなって思ったんだ」

言葉の意味をすぐには理解できなくて、眉を寄せる。私の反応を見た福楽くんは慌てて「悪い意味じゃない！」と声を上げた。

「竹内っていつもあんま喋らないじゃん。なのに舞台の上で別人みたいだった。だから他にもいろいろ見てみたくて、でも上手く言えなくて、ふざけて……悪かった」

たとえ本心では私の演技に興味を持ってくれて、好印象を抱いてくれていたのだとしても、私にとって彼の言動は、声を失うほどの心が痛むものだった。

「自分の演技を笑われてショックだった」

「本当ごめん」

「……私だけじゃなくて、あんなふうに誰かを笑ったりしないで」

「もうあんなこと絶対しない」

「……うん」

それ以上の言葉が続かなくて、沈黙が気まずい。水道に置いていた透明カップを重ねてひとつにまとめていく。すると、福楽くんが「俺が捨ててくる！」と勢いのある声で言った。

「あ、ありがとう」

手を伸ばした福楽くんに透明カップとストローを渡すと、それを両手に抱えながら早歩きで教室に戻っていく。その後ろ姿を眺めながら、短く息を吐いた。

普通に会話ができた。まだ緊張はするけれど、福楽くんの心の内側を知れたことで恐怖心が和らいでいった。

からかわれるのは嫌だったけれど、演技を本気で馬鹿にしていたわけではない。人それぞれ想いや表現の仕方は違っていて、だからこそ言葉や態度には気をつけなければいけないのかもしれない。

福楽くんが本心では演技をすごいと思ってくれていたとしても、それが私には伝わらなかった。

少し濡れた手で自分の喉元に触れる。言葉は凶器《きょうき》にも薬にもなるから、そのことを忘れずにいたい。

水道のそばの窓から見える夏空は、眩しいほどに青くて、おもむろに鍵を開けた。窓をスライドさせると、熱気を含んだ風が吹き抜ける。

息がしやすい。たったそれだけのことで涙が出た。


夏休みとはいえ、私はクラスの出し物以外に演劇部でも公演をするので、学校の開放日は全て登校していた。休み中も集まれる子たちで作業をしたり、練習の日々。

あっという間に夏休みが過ぎていく。

夏休み最終日、家で演劇の台本を読みながら過ごしていると、吉永くんからメッセージが届いた。

【夜って暇？】

驚きのあまり、スマホをソファに落としてしまう。

なにかの誘いかもしれない。けれどすぐに返信をしたら、食いつきすぎと思われるだろうか少し時間を置いたほうがいいのかと悩みながらも、我慢できなくて返信を打つ。

【暇だよ】

精一杯の一言で返す。だけど二十分が経っても、吉永くんからの返答がない。

ソファに寝転がって、クッションに顔を埋める。どうして夜暇かと聞いたのか気になって、なにも手につかなくなってしまう。

横に置いてたスマホが振動して、慌てて手に取った。

【花火見に行きたい】

「いっ！」

寝転がった状態でスマホを見ていたので、おでこに落下する。スマホがそのまま床に転がって、それを取ろうとしてソファから転がり落ちてしまった。

　床にスリッパが擦れる音が近づいてくる。

「……なにしてるの？　大丈夫？」

「う、うん……大丈夫」

　気をつけなさいよと苦笑しながら、お母さんがリビングから出ていった。私はおでこを押さえながら上半身だけ起き上がる。もう一度スマホを確認すると、花火見に行きたいという文字が間違いなく書かれていた。

【私も行きたいです！】

　返事を打ってから、クッションを抱きしめる。

　花火とはおそらく今日この近くである花火大会のことだ。毎年八月の最終日に、一時間ほど花火が上がる。

　受験期だった中三からは、花火を見に行くことはなくなったけれど、以前は友達と集まって見に行っていた。

　開始三十分前に待ち合わせをすることになり、お母さんに花火大会に行くため夜ご飯はいらないことを話した。

　私は大慌てで準備を開始する。一日家にいる予定だったので、髪の毛も適当に結んでしまいあとが残ってしまっていた。水で濡らした髪をドライヤーで乾かし、なんとか真っ直ぐになった。

洗面所で髪を梳《と》かしていると、お母さんが顔を覗かせる。

「浴衣《ゆかた》は？　着る？」

「え……うーん」

「せっかくだから着たら？」

「でも、普段《ふだん》着のほうが楽だからいいかな」

わざわざ浴衣を着ていったら、気合入れていると思われるかもしれない。

「来年は雨かもしれないでしょう」

「え？」

「次なんていつくるかわからないのよ。だから今年の思い出を大切にしないと」

たとえ雨が降らなかったとしても、お母さんの言う通り来年は吉永くんと一緒に行けるかわからない。

あとからもっとおしゃれをしていけばよかったと思うよりも、今できる限りのことをしたほうが後悔はない気がする。

「そうだね。浴衣、着ようかな」

「きっと喜んでくれるんじゃない？」

「え？　あ、違う。そういうのじゃなくて……」

「じゃあ、浴衣出してくるわね」

お母さんはにんまりとして洗面所を出ると、二階へと上がっていった。完全に誤解されている。

私の特別と、吉永くんの特別はきっと種類が違う。今の距離をどう縮めたらいいのかわからない。下手に距離を縮めようとしたら、吉永くんは一歩引いてしまいそうで、動くのが怖かった。


夕方の六時を回った頃、私の部屋で着付けをしてもらうことになった。白地に濃紺《のうこん》の朝顔が描かれている浴衣を羽織り、鏡の前に立つ。

「前は大きかったけど、ちょうどよくなったわね」

これを買った中一のときは、私にはまだ大きくてお母さんも着せるのが一苦労だと言っていた。柄《がら》もあのときは大人っぽく感じていたけれど、今は馴染んでいるように見える。

紺色の帯を締めてもらい、背中との間に板を挟《はさ》んだようにピンと背筋が伸びた。

この姿で吉永くんに会うと思うと、今から心臓がバクバクして落ちつかない。お母さんは笑うのを堪えるように口元に力を入れながら、私のことを眺めている。

「デートとかじゃないから！」

「そうなの？　男の子と出かけるのかと思ってたけど」

「え……」

男の子と出かけるからといって、デートのうちに入るとは限らないはず。

硬直している私を見て、察したのかお母さんが小さく頷いた。

「浴衣着せてくれてありがと！　髪セットしてくる！」

これ以上深く聞かれる前に、そそくさと階段を下り洗面所に逃げ込んだ。


夜の七時すぎに家を出た。外はすっかり暗くなっていて、アスファルトからは熱気が立ち上ってきて蒸し暑い。

吉永くんが蛍の光を再現してくれた公園で夜の七時半に待ち合わせをして、そこから歩いていける河川敷《かせんしき》で花火を見る予定になっている。

公園につくと、ベンチに座っている男の子を見つけた。あの後ろ姿は吉永くんだ。

「お待たせ」

前に回り込んで声をかけると、吉永くんはきょとんとした顔で固まってしまった。やっぱり浴衣で来て驚かせてしまったのだろうか。

「あ……うん。じゃあ、行くか」

吉永くんが立ち上がる。特に浴衣に触れることなく、ふたりで公園を出た。いつもよりも会話が少なくて、夜道を並んで歩きながら静かな時間が流れる。

浴衣で来ないほうがよかったかな。けれどそれを聞くと、もっと空気が気まずくなりそうだ。

沈んだ気持ちのまま歩いていると、右腕を掴まれて引き寄せられた。

「自転車」

後ろから来た自転車が通過していく。考え事をしていたので、気づかなかった。

「……ありがとう」

手が離れた腕に、ほんのりと熱が残っている。こんな些細なことで、私はドキドキしてしまう。だけどそれは私だけで、隣にいる吉永くんはきっと友達としてしか、私を見ていない。

信号に差しかかり、足を止めると今日はいつもより口数の少ない吉永くんが、重たい口を開いた。

「いきなり誘って悪かった」

「ううん、平気」

「本当はもっと早く言うべきだったけど、誘うかずっと迷ってて」

なにを迷っていたのかと首を傾げる。

「断られるかもって」

「そんなこと思ってたの？」

吉永くんは眉を寄せて険しい表情をしているけれど、耳がほんのりと赤い。

「だってもう約束とかねぇじゃん」

前までは私の声のことを黙っている代わりに、放課後一緒に過ごすという約束だった。その三ヶ月が終わり、夏休みに入ってからは文化祭の準備で顔を合わせることはあるものの、ふたりで過ごす時間はなくなってしまった。

「またいつでも好きなときに会えるって、吉永くん言ってたのに」

「それは……言ったけど。でも竹内忙しいだろうし」

吉永くんもサッカー部の練習で忙しそうで、私も連絡をしていいのか悩んでいた。結局邪魔になってしまうかもと思い、メッセージはあまり送れていない。けれど、お互いに部活で忙しくなったとはいえ、ほとんど話さなくなるのは寂しかった。

「……連絡とか、してもいい？」

顔色をうかがいながら聞くと、吉永くんが頷いた。

「俺もする」

「それと、またどこか行きたい。あともう一度スカイブルーガーデンにも行きたいし、観覧車にも乗りたい！」

吉永くんは優しい口調で「いいよ」と相槌を打ってくれる。

「俺は映画も行きたい」

「……映画」

「苦手？」

「ううん！　行こう！」

それって、ちょっとデートみたいだよねと言いかけて言葉をのみ込む。口に出すのは恥ずかしくて、そんな気ないと言われてしまうかもしれない。私たちの関係はなにひとつ変わることはないけれど、これから先の約束が増えていくことが嬉しかった。

河川敷につくと、多くの人で溢れかえっていた。小学生くらいの子どもたちが、腕に光る腕輪をつけていて、あの夜の蛍の光を思い出す。

「下、すげぇ混んでるし向こう行くか」

「そうだね」

河川敷の下のほうはレジャーシートを敷いている人たちで埋まっているため、階段を上がった側にあるガードレールのところから眺めることにした。ここなら比較的人も少ないので身動きがとりやすい。

ガードレールに寄りかかるように座りながら、花火が始まるのを待つ。あと一分で八時になる。

「さっき言おうと思ってたんだけど」

「え……なに？」

「髪、後ろでまとめてんの初めて見た」

「あ、うん。浴衣だから、まとめようかなって思って」

サイドの毛を大きめの編み込みをして、後ろでお団子にしている。崩れていないか心配になって、手で形を確認した。今のところ大丈夫そうだ。

「浴衣、似合うな」

不意打ちで褒められて、言葉が出なかった。着てきてよかった。お母さんに心の中で感謝しながら口元を緩める。

ありがとうと言ったタイミングで、金色の光が花開くように夜空に光り、音が鳴り響く。それと同時に歓声が上がった。

ピンクや青、緑、オレンジとカラフルな色合いの花火が次々に空に光った。形も丸いものから、ハートやキャラクターの顔など様々だ。

「綺麗」

思わず漏れた声が、花火の音に消えていく。

『今年の思い出を大切にしないと』

お母さんの言う通りだ。今この瞬間を大切にしたい。夜空の花火も、隣にいる吉永くんのことも、目に焼きつけておきたい。

ちらりと横目で吉永くんを見やる。高い鼻筋に、すっきりとした顎《あご》のライン。長い睫毛の隙間から見える色素の薄い瞳には、無数の光が映り込んでいる。その横顔に見《み》惚《と》れてしまう。

私の視線に気づいたのか、吉永くんと目が合った。見つめていたことを誤魔化す言葉を探すべきなのに、なにも浮かばない。

どうした？と吉永くんが頭を僅かに傾ける。

「私、」

花火が打ち上がる音が鳴るたびに、心臓もどくっと大きく跳ねる。

ここで言ってしまえば、先ほどした約束は果たせなくなるかもしれない。私の一方的な想いで関係を崩したくないのに、感情が高まって溢れそうになる。

「……花火、久しぶりに見た！」

笑みを作って、視線を花火に戻す。

「俺も打ち上げ花火は久々。そういえば、冬も花火上がるところあるよな」

「あ……うん。十二月にあるよね」

イルミネーションをしている国営公園があり、毎年十二月の週末とクリスマスの日に花火が上がる。

「それも見に行く？」

「……うん。行きたい」

またひとつ約束ができて、頬が緩む。それで満足するべきなのに、どんどん欲張りになってきてしまう。

「それと」

「ん？」

「来年も……またここの花火が見たい」

来年の今頃、なにが起こっているかわからない。私たちの仲が続いている保証はないけれど、この先の未来でも吉永くんの隣にいたい。

「じゃあ、毎年見に来る？」

「え……？」

来年ではなく、毎年？　疑問に思っていると、吉永くんに手を掴まれた。弾かれるように彼のほうを見ると、再び視線が交わる。

「嫌？」

花火の音が、先ほどまであんなに鮮明に聞こえていたのに、今は心臓の音のほうが大きく感じた。

「嫌じゃ、ない。でも毎年って……」

もしかして、深い意味はなく軽い約束？

淡い期待を抱かないようにしながら、耐えきれなくなって目を逸らした。けれど握られた手は離すことができない。

「俺はこれから先も竹内と一緒にいたいって思ってる」

光が散っていき、空からじりじりと焦《こ》げるような音がした。

「……困らせた？」

私が黙り込んでしまったため、吉永くんは不安げに顔を覗き込んでくる。私はそうじゃないと首を横に振った。

「そうじゃなくて……その……」

私のことを好きみたいだなんて、口に出せない。本当に勘違いだったとき、どうしようもなく恥ずかしくて消えたくなってしまう。

「……嬉しい」

大きな光が夜を照らすと、太鼓《たいこ》を叩いたような音が鳴る。それに重なるように心臓が跳ねた。

目に涙を浮かべながら、吉永くんのほうを見ると、「なんで泣きそうなんだよ」と眉を下げて微笑まれる。

「……毎年、見に来たい」

頬が赤くなるのを感じながら、精一杯の言葉で返した。

「約束」

握っていた手が離れたかと思えば、小指が絡む。この先も一緒にいられますようにと願いながら、指切りをした。

声を消さないために

第六章　声を消さないために

九月に入り、二学期が始まると学校は文化祭準備一色になった。

朝早くから登校し、ホームルームまでの時間や、休み時間や放課後など使える時間を注ぎ込んで準備に明け暮れる。

そうして九月中旬の金曜日、校内の学生向けの開会式が行われた。

明日の土曜日は家族や友達、近所の人たちが自由に入場できるため、生徒たちは今日が思いっきり文化祭を楽しめる日となっている。

八時から準備を開始して、二十分くらいで無事に屋台用テントを組み立て終わった。

学校はカラフルなTシャツの生徒たちで溢れていて、みんな準備の合間にスマホで記念撮影している。

私たちのクラスは紺色で、背中には絵が得意な子が描いてくれた担任の小柳先生の似顔絵とクラス全員の名前が丸みのある書体で書いてあって、かわいらしいテイストになっていた。

「長机にかける布ってどこだっけ？」

「あ、まだ教室かも。俺取ってくるわ」

「ありがと〜」

普段はふざけている男子が率先して荷物を運んでくれたり、あまり親しくなかった子たちが、お互いを頼るようにお店についての相談を真剣にしている。

同じ色のＴシャツを着るだけで、クラスの団結力が上がるような妙な一体感があった。

福楽くんは、あれから話しかけてくることはなくなった。神谷さんは目が合うと露骨に逸らされる。けれど、陰でなにかを言っている様子もなく、関わることもほとんどない。それに文化祭準備を通して、クラスの他の子たちと親しくなったので、以前よりも居心地の悪さは消えている。

九時になると、開会式が始まった。

クラス代表の実行委員が校庭でマイクを持って、文化祭のクラススローガンを読み上げていく。それが校内放送で学校全体に響き渡る。

クラスによっては笑いを誘うようなスローガンや、真面目なもの、俳句のようなものまで個性豊かだった。

多くの生徒たちは持ち場で文化祭の準備をしながら、放送を聞いている。

私たちのクラスも放送を聞きながら長机を組み立てて、会計をする場所と食材を置く場所を作っていく。そこに男子が持ってきてくれた水色と白のストライプの布を敷いた。

おつりやメニュー表の準備をして、食材が入ったタッパーなどを並べる。

私たちのドリンク店は、昇降口近くの桜の木の横に出店するため、ちょうど日陰になっていた。

周囲にはクレープやチョコバナナ、綿飴など甘味《かんみ》のお店が多い。

みんな準備をしながら他の店舗を覗いて、買うものを友達と話し合っている。

「ね、花澄！　昇降口の近くにパフェあった！」

黄色のTシャツを着た珠里が、小走りで私の元にやってきた。そして興奮気味に校舎の中を指さす。

「うさぎの形してんの！　すごいかわいかった」

「うさぎパフェ、気になってたの！　行きたい！」

「午後に一緒に行こ！」

はしゃぐ私たちに、小柳先生が手を叩いて「静かに」と注意をする。

「校長先生の話が始まったから、みんなちゃんと聞け！」

最後は校長先生が、ゴミについてなど文化祭のルールを含めての挨拶をした。なにか問題があった時点で文化祭は中断されるため、ハメを外しすぎないようにと念を押すように話している。

十分ほど経ったのではないかと思うくらいの長い話が終わると、軽快な音楽と共に文化祭が幕を開けた。

その瞬間、風船が割れるように生徒たちの騒ぎ声が響く。雄叫びや気合を入れる声、それを聞いた笑い声などが反響して、場の温度が急激に上がった。周りにいる先生たちは、仕方なさそうに苦笑している。

私たちの店舗は、メニュー写真つきの大きな看板をセットして、作る人、会計、ボードを持って宣伝する担当に分かれている。

それでも人が余るので、そのときに応じて作業を交代して買い出しに行ったりしていい。午前午後でシフトは決めているものの、ラフな感じだ。

私は作る担当なので、お客さんが来るまでの時間で使う食材などをチェックしたり、作りやすい配置に並べておく。

文化祭開始直後は、ほとんどお客さんがこなかったものの、食べ物を一通り巡《めぐ》った人たちが流れてくるようになった。

最初ののんびりとした時間が嘘のように、次々に注文が入り忙しくなっていく。中でも炭酸系がよく売れて、ゼリーが入ったメロンソーダも売れ行きが好調だ。

「ナタデココとゼリー、あと少ししかない〜！　誰か家庭科室まで行ってきて！」

「私、氷取りに行くから、ついでに持ってくる！」

慌ただしく時間はすぎていき、昼になった頃には用意したゼリーの半分は消費していた。あとで明日の分も作らないと足りなくなる。

午後になると私と珠里は自由時間になり、パンフレットを開きながら、目標としていた甘味巡りをした。

三年生がやっている和喫茶《わきっさ》や、うさぎパフェ。そして一番人気で並んだのはフルーツバーガー。シュー生地の間に生クリームとたっぷりのフルーツを挟んでいて、食べ歩きもしやすい。

ふたりで甘いものを満喫《まんきつ》していると、演劇部の公演が近づいてきた。

「花澄、私一旦《いったん》クラスの店舗に顔出してくるから、先に更衣室《こういしつ》行ってて！」

「わかった！」

珠里と別れて、体育館近くにある女子更衣室《こういしつ》へ向かう。

まだこれから舞台に立つ実感が湧かない。

部活に再び入部した私は、迷惑をかけたこともあり、今回は裏方に徹《てっ》しようと思っていた。けれど部長たちが、セリフの少ない役をリハビリとしてやってみないかと提案してくれたのだ。そして先輩が二役やる予定だったうちのひとつを、私がもらえることになった。

セリフは少ないけれど、主人公のクラスメイトのひとりだ。

みんなの気遣いや優しさのおかげで、私はもう一度舞台に立つチャンスをもらえた。

練習中、声がするりと出てくることもあれば、思うように声が出せなくなったときもある。完全に治ったわけではない不安もあるけれど、声が出ないときは慌てず、表情や仕草などでカバーしていた。

それに、吉永くんが演劇を観に来てくれると言っていた。

見られるのは、正直緊張する。けれど、私の演技を好きだと言ってくれた彼が楽しみにしてくれているのだと思うと、早く見せたいという気持ちも芽生えていた。

廊下の途中で、紺色のクラスTシャツを着た男子たち数名を発見した。その中に、吉永くんもいる。

目が合い、私は足を止める。無性に吉永くんと話したくなった。けれど友達といるのに声をかけていいものか悩んでいると、吉永くんが周りに断りを入れてから、私のほうへと歩み寄ってくる。

「演劇、もうすぐだよな」

「うん。今から準備しに行くところだよ」

「楽しみにしてる」

もっと話したいことがあったはずなのに、上手く言葉が出てこない。せっかく輪から抜けてきてくれた吉永くんに申し訳なかった。必死に話したいことをまとめようしていると、吉永くんが「竹内」と私を呼んだ。

「できるよ」

確信を持ったような吉永くんの言葉が、真っ直ぐに向けられる。私を信じてくれているのだと伝わってきて、心強かった。

声は出るのか、舞台の上でセリフは飛ばないかという不安。けれど演劇部でいいものを作り上げたという達成感と自信、そして楽しんでもらえるはずだという期待。

頭に浮かんでいた様々な想いを、私は短い言葉に詰め込んだ。

「ありがとう！　見ててね！」

ピースサインをして笑って見せると、吉永くんは口角を上げて頷いてくれた。


更衣室に行くと、演劇部の部員たちが集まり始めていた。

クラスTシャツからワイシャツに着替えると、あらかじめ部室から持ってきていた全身鏡の前に立つ。伊達《だて》メガネをかけて、ワイシャツのボタンも全てとめる。

学生の設定なので、今回の衣装は制服と時が戻って大人になった用の服だ。

普段よりも緊張感のある空気に包まれていて、ついにこの日が来たのだと実感した。

台本を開き、自分が登場するシーンをおさらいしておく。私が演じる役は、時が戻って主人公に変化が生まれたことによって衝突してしまう。

「花澄、大丈夫？　できそう？」

準備が終わった珠里が、抱きついてきた。

胸元あたりまでの長さの黒髪のウイッグをつけた珠里は、グレーのスーツを着ている。ＯＬっぽい雰囲気の珠里は、いつもの活発さは身を潜め、大人っぽく年上の女性に見えた。

「うん。やっぱ緊張はするけど……」

不安は残るものの役に合わせた格好をしたことによって、気持ちの切り替えができた。鏡に映るのはこれから演じる姿だ。

「想像していたよりも、気持ちは落ちついてるかも」

「そっか、なら安心した。でも、なにかあれば合図してね」

「ありがとう」

私を激励《げきれい》するように、珠里がぎゅっと手を握る。それに応えるように私も握り返した。

「珠里も緊張してる？」

手がすごく冷たくて、微かに震えている気がした。

「念願だったけど、ちょっとプレッシャーもあって。主役、初めてだから上手くできるかなって」

硬い笑顔を見せて、珠里が目を伏せる。冷たい珠里の手を温めるように両手で包み込む。

「三輪くん、大人っぽい珠里にびっくりするかも」

珠里は私の腕に抱きつくと、左右にゆらゆらと揺れる。

「するかなぁ」

「観に来てくれるの楽しみなんでしょ？」

「……うん」

「大丈夫。練習で珠里は完璧だったよ」

本番を前にして気持ちが不安定になっているみたいだ。落ちつかせるように、そっと頭を撫でる。

「終わったら演劇部で焼肉行くんでしょ？」

「肉！」

焼肉が大好きな珠里の目がきらりと輝く。演劇部の打ち上げを、珠里は練習中ずっと楽しみにしていた。

明らかにテンションが上がった珠里がおかしくて笑ってしまう。すると、つられるように珠里も笑い出した。

声が出なくなって演劇部を辞めたとき、もう舞台には立てないと思った。だけどまたこうして戻ってこられた。私のそばにいてくれた吉永くんや、演劇部のみんなのおかげで、もう一度好きなことができる。


演劇部の公演は、体育館の舞台で行われる。時間が近づき、演劇部は舞台袖で待機をしていた。湿度が高くて、薄暗く埃《ほこり》っぽい。だけどこの空気が、もうじき幕が上がるのだと心を震わせる。

「珠里、いける？」

部長の声が聞こえ、頷いた珠里が物音を立てないように配置につく。

アナウンスが流れると、開演のブザーが鳴り響いた。いよいよだ。ゆっくりと、重たい幕が上がった。

最初のセットは、夜道をイメージしていた。仕事に疲れきった珠里が演じる主役が、とぼとぼと帰宅しながら空を見上げる。流星群が見える日で、高校生の頃に流星群を見たことを思い出す。

珠里が高校の頃の後悔を口にして、足元に落ちているスマホを拾い上げる。それが時が戻るキーとなり、珠里の戸惑いの声と共に照明が落ちた。

次は、高校三年の頃の教室で目を覚まし、珠里がタイムリープしたことに困惑しながらも、少しずつ受け入れていく。

そして以前は周りに合わせて過ごしていた珠里は、クラスの問題を解決するために動き始める。

私はクラスの中で発言力のある子たちと上手くやれず、浮いてしまった役。珠里はみんなともう一度話そうと言うけれど、それを拒《こば》むシーンが最初のセリフだ。

眩しいほどの照明が私たちに降り注ぎ、視界が開ける。舞台の前に並べられたパイプ椅子に座っている生徒たちの姿が見えた。

どくりと心臓が波打って動揺しそうになり、手が震えた。

まずい。呼吸をしっかりして意識を保たないと、このままでは頭が真っ白になってしまう。親指の爪で人差し指を強く押した。

不自然にならない程度に視線を少し外して、意識を舞台の上に集中させる。

「待って！　あの子も悪気があったわけじゃないの！　もう一度ちゃんと話そう！」

何度も練習してきたけれど、舞台の上で言うのだと重みが違う。

口をぱくぱくとさせるだけで、声が出なかったら気味悪がられるだろうか。けれど、なにか言おうとして上手く言葉にできなかったという演技をすれば対処できる。

それに苦しそうな表情を見せて走り去っていけば、声を出さなくても悲しんでいるのが伝わるはず。

そうすることでリスクを回避《かいひ》したほうがいいかもしれない。でもこのチャンスを逃したくない。

――できるよ。

吉永くんの言葉を思い浮かべると、肩の力が抜けていく。目を伏せて、泣いているように見せながら洟を啜る。

「私……本当は自分の気持ちを話すのが怖かったよ」

声が出た。安堵で緩みそうになる気を引きしめて、言葉を続ける。

「だけど、周りに合わせて私の声を消したくなかったの」

抱えていた気持ちをぶつけて、舞台袖に走って消えていく。膝の力が抜けて、端っこに座る。まだ始まったばかりだけど、舞台の上で声が出た。喉元に触れながら、私は深く息を吐く。

　ここまで舞台の上で緊張をしたのは、中学生の頃に初めて人前で演技をして以来だ。だけどそれと同時に、初舞台が成功したときの高揚感に似た感情が湧き上がってきた。

　大丈夫、演じきれる。

　心に残っていた不安が、ほんのちょっとだけれど自信に形を変えていく。熱くなる目頭を押さえながら、涙を堪えた。

　本当の意味で、私は舞台に戻ってくることができた気がした。

　そうして長いような短い時間がすぎて、舞台が無事に閉幕した。

　幕の向こう側で拍手が聞こえる。舞台袖で力が抜けて座り込む私に、先輩や珠里たちが温かい声をかけてくれた。

「花澄、よかったよ！」

「セリフ完璧だったじゃん！」

「ありがとうございます」

　自然と笑みが浮かぶ。演劇部に戻ってきて、夏休みは多くの時間を練習に注ぎ込んだ。思うように演じられなくて悩んだり、周りの優しさに何度も救われた日々を思い返す。

やっぱり私、演劇が好きだ。

以前典子先生に、私にしかできない演技が好きだと言ってもらったことがある。そのときはよくわからなかったけれど、今ようやくわかった気がした。

声の出し方や表情、仕草。そのひとつひとつが同じ役でも演じる人によって、変化が生まれる。私にしかできない役があって、私にしかできない表現がある。

『文化祭は、今年と来年は私たちで主役勝ち取ろうね』

珠里は今年約束を叶えた。来年は私がそうなれるように、希望と期待を胸に抱いて立ち上がった。


更衣室で、ワンピースからクラスTシャツと制服のスカートに着替える。大人になった姿では、ウイッグもつけていたため髪の毛がボサボサだった。

「お腹すいたー！　たこ焼きとかまだ残ってるかなぁ」

「クラスの子に連絡したら、まだやってるお店多いっぽいよ」

「マジ？　行ってくる！」

体力を使いお腹がすいているようで、着替えが終わった部員たちが急いで更衣室から出ていった。

「やばい、珠里！　焼きそば残り五個だって！」

「嘘！　花澄も行く？」

「私は大丈夫！　いってらっしゃい」

珠里たちを見送ってから、鏡の前で髪を整える。ぺちゃんこになっているので、ドライヤーを使って、せめて前髪だけでもふんわりとさせておいた。

私もなにか買いに行こうかと考えながら、更衣室を出る。廊下の窓から覗いてみると、客足が落ちついて遊んでいる生徒も多いけれど、食べ歩いている生徒たちの姿もあった。

中庭に続く扉を開けて外に出ると、甘い匂いがした。近くにあるクレープ屋からだ。

買うか考えていると、手に持っていたスマホが振動する。相手は吉永くんだった。

突然のことにうろたえながらも、通話マークを押す。

「も、もしもし」

『今、どこにいる』

「え？　中庭のドアあたり……」

『すぐ行くから、そこいて』

ブツリと電話が切れて、私は呆然と立ち尽くす。吉永くんの用事の見当がつかない。先ほどの演劇の件だろうか。

「竹内」

クレープ屋の方向から吉永くんが小走りでやってきた。言った通り、本当にすぐだった。手には紙袋をさげていて、周囲を見回す動作をすると、「こっち来て」と連れていかれる。ひと気のない自転車置き場の横で立ち止まると、吉永くんが振り返った。

「おつかれ」

公演のことだとわかり、ありがとうと返す。

「すげぇ面白かった。タイムリープの謎《なぞ》がわかったとき、声出そうになった」

「よかった！　そこかなり拘《こだわ》ったシーンなんだ！」

「舞台の上にいる竹内、いきいきしてたな」

「緊張したのは最初だけで、あとはどんどん役にのめり込めたんだよね」

振り返りながら笑顔で話している自分に気づいて、傷が少しずつ塞がり始めているのだと思った。かさぶたとして残るかもしれないけれど、それでも痛みは和らいでいく。

「あとこれ」

吉永くんは紙袋の中に手を入れて、慎重になにかを取り出した。

「ん」

「え……花束？」

目の前には、雪のように白いかすみ草の小さな花束。淡いピンク色のペーパーで包まれ、持ち手の部分は白いリボンで結ばれている。

「くれるの？」

「公演祝い。あと、この花が名前の由来って言ってたから」

「ありがとう。……嬉しい」

花束を受け取って、指先でころんとした花の部分に触れる。公演をしてお花をもらったのは初めてだった。

ふと、以前吉永くんが言っていたことが頭をよぎる。

『花言葉、幸福だって』

その通りだなと思う。この花束をもらった私は幸せな気持ちで満たされている。

今日は部屋に飾って、枯《か》れないようにドライフラワーにしよう。そんなことを考えながら大切に花束を抱きしめた。

吉永くんにもらったものが多すぎる。お花や言葉、優しい時間。どれも私にとって、とても大切なものだ。

「たくさん励ましてくれて、ありがとう」

本当は他にも言いたいことがあるけれど、照れくさくてなかなか言葉にできない。だけど、気持ちをのみ込んで隠してしまうのではなくて、私の声で吉永くんに伝えたい。

「それと」

声が震えてしまい、かすみ草の花束で顔を隠す。

「……大好きです」

あの日、吉永くんが声をかけてくれたから、今の私がここにいる。大好きなんて、誰かに言ったことはなくて恥ずかしいけれど、どうしても声にしたかった。

「俺も」

花束を持っていた手を掴まれて、下にずらされる。すぐ近くに吉永くんの顔があり、視線が交わった。色素の薄い瞳に吸い込まれそうで、釘づけになる。

「竹内のことが好き」

吉永くんの目尻が下がり、穏やかに微笑まれた。同じ気持ちなのだと伝わってきて、くすぐったくなる。

「部活ない日、また寄り道しよう」

「うん！　でも……吉永くん、自主練もあるから忙しいよね」

「来週の金曜なら大丈夫。竹内は帰れる？」

「え……部活ないから大丈夫だけど、吉永くん自主練は？」

「監督にやりすぎんなって注意受けて、メニュー決められちゃってさ」

どうやら過度な練習は負担がかかるため、ある程度セーブが必要らしい。けれど吉永くんとしては、そこがもどかしそう。

「足の調子は大丈夫？」

「うん、今はなんともない」

ひとまず怪我は治り、問題なく運動もできるようで胸を撫で下ろす。

「いつかまた試合に出られるようになったら、応援来て」

「っ、行く！　行きたい！」

前のめりになって言うと、吉永くんが噴《ふ》き出した。

「すげぇ勢い」

「だって……サッカーやってる吉永くん見てみたくて」

サッカー部の練習風景は目にしたことはあったけれど、吉永くんが試合に出ている姿は一度も見たことがなかった。いずれ試合に出る日が来たら、応援しに行きたい。

夏の名残がある風が吹き、薄茶色《うすちゃいろ》の吉永くんの髪が靡いた。

「じゃあ、その日が来るまで待ってて」

左手に熱が灯る。私は想いを込めて、彼の手をぎゅっと握り返した。

かすみ草の花束を

特別書き下ろし番外編

かすみ草の花束を

【吉永蛍side】

最近、毎日が退屈だ。

なにに対しても、心が動かない。

ロッカーから教科書を取り出して鞄に入れると、近くにいたサッカー部のやつが手を差し伸べてきた。

「吉永、鞄持つよ」

持てるから大丈夫だと言ったら、親切心を無下にしてしまう気がして言葉をのみ込む。

「……悪い」

鞄を渡して、一緒に教室へ向かって歩き出す。自分の手にはなにもなくて、身軽なことが虚しく感じた。

春休み中は足を引きずっていたけれど、今は問題なく歩ける。だけど周りは気を遣ってくれていて、こうして荷物を持ってくれる。向けられる親切がもどかしい。

「この動画、見た？」

「見た見た！　おすすめに出てきた。最後のオチ、すごくね？」

動画の話題で盛り上がっている輪の中で、自分だけ透明人間のような気分だった。

――俺、なにしてんだろ。


春休みの部活中に、俺は接触事故を起こしてしまい、しばらく療養が必要になった。今までも何度か同じ場所を怪我したため、医者曰《いわ》く癖になっているそうだ。

完治するまで部活を休むことが決まり、先日顧問から呼び出された。

『吉永を、スタメンから外すことに決まった』

部活に参加できなくなるので、外れることはわかっていた。けれど申し訳なさそうにしながら俺の顔色をうかがっている顧問を見て、嫌な予感がした。

『監督は、今年の選手権のスタメンを柏崎《かしわざき》にするそうだ』

選手権とは、年末に行われる全国高校サッカー選手権のことだ。

代わりに柏崎が決まったということは、俺が復帰しても再び以前の場所には戻れない。完全にスタメンから外された。

『ちょうど学年が変わるタイミングだし、一旦試してみたいのかもしれない。だからあんまり気にするな！　依頼が来てる取材については、また今度話そう』

俺の肩を軽く叩いた顧問は、笑っていた。励ましているのだと思う。けれど、その気遣いの笑顔が心を抉《えぐ》る。

呆気ないなと思った。一年のときに活躍してメディアから取材が来るようになり、監督や顧問たちからはチームに必要だと褒められてきた。けれど、こんなにも簡単に外されてしまう。俺の代わりなんていくらでもいる。スタメンから外れて目標を失ってまで、続ける意味ってあるんだろうか。

『あの後、柏崎と話はしたか？』

接触事故は、柏崎と俺で起こったことだった。そのため俺らの関係が悪くならないか、顧問は気にしていたようだ。

『……はい、少しだけ』

そう答えたものの、お互いにぶつかったことを謝って以来、会話はしていない。

『そうか。思いつめないようにな』

顧問からは時々顔を出してくれと言われたので、それからは邪魔にならないような場所で見学していた。

サッカーができるやつらを見ていると、羨ましくなる。だけど、早く治してあの場所に戻ったところで、試合に出られないし、将来にも繋がらない。

そんなことを考えて、頭がぼーっとしてくる。

日差しが強いため、木の下まで移動すると、すぐ近くの水道から話し声が聞こえてくる。

「柏崎、すげぇよな。吉永に怪我させてまでスタメン勝ち取るとか」

体温が一気に下がり、冷や汗が背中に滲む。

「吉永と喋らなくなったし、やっぱその噂マジなの？」

「絶対わざと怪我させただろ」

馬鹿馬鹿しい。俺と柏崎が話さなくなったのは、なんて言えばいいかわからなかったからだ。

柏崎とは部の中で特に仲がよくて、スタメン入りを目指していたのを隣で見てきた。状況的に、俺が柏崎におめでとうと言ったら嫌味に聞こえるだろうし、あいつだってこんな形でのスタメンは望んでいなかったはずだ。

声をかけづらくて、今の俺たちは距離ができている。

理由はそれであって、柏崎がわざと俺に怪我をさせたなんてありえない。

当事者の俺が、あれは故意の事故ではないことをよくわかっている。

「――っ、おい！」

勝手なことを言うな、と口にしようとしたときだった。

「吉永」

タオルを持っている柏崎が、少し離れた位置に立っていた。休憩で水を飲みに行こうとしていたのかもしれない。きっと先ほどの会話も聞こえていたはずだ。

「俺のことはいいから」

水道のところで話していたやつらが、俺らに気づくことなく去っていく。

悪い噂が流れているのに、このまま放っておこうとする柏崎を理解できなかった。

「なんでだよ。あんなの嘘じゃねぇか」

「でも事実もあるだろ」

「は？」

「俺と接触事故を起こして、吉永がスタメンから外れて、代わりに俺が入った」

まるで自分のせいだと言いたげな柏崎に眉を寄せる。

「わざとじゃねぇだろ」

「……そう思ってた。だけど、だんだんわからなくなってくる。もしかしたら俺……あのとき避けられたかもしれないのにぶつかったのかもって」

「違うだろ！　周りの言葉に流されんなよ」

俺が知らない間に、サッカー部内で先ほどの内容が好き勝手噂されていたのだろう。

責めるような言葉を聞き続けて、柏崎の心が折れかけているように見えた。

「俺は吉永みたいにはなれないけど……お前が帰ってくるまで頑張るから」

――俺が帰ってくる保証なんてねぇのに。

目標も居場所も消えて、サッカーを好きなだけじゃ、続ける理由にならない。それに復帰したところで、スタメンは柏崎のままだ。

「ごめんな、吉永」

集合がかかり、柏崎が背を向けて去っていく。ひとり残された俺は、グラウンドから目を逸らして、行くあてもなく校舎をふらついた。

途中でいなくなったら、明日顧問になにか言われるかもしれない。だけど、この場所から抜け出したかった。

親からも、無理して部活を続ける必要はないと言われているし、いっそのこと辞めてしまいたいと思う。だけど、ずっと好きで続けてきたサッカーを手放すことにも躊躇いがあった。

渡り廊下まで来ると、グラウンドが少し遠くに見える。サッカー部のやつらがミニゲームをしているようだった。

立ち止まって、脚に触れる。俺もあんなふうに、再び走れる日が来るのだろうか。

思考を遮《さえぎ》るように、体育館のほうから拍手が聞こえてくる。

そういえば、今日明日は新歓だ。サッカー部は明日の予定で、勧誘用に部長たちが模造紙に部活の曜日や、メニュー内容などを書いたものを作っていた。

なんとなく足が進み、体育館を覗いた。

一年生たちが床に座って、談笑する声が聞こえてくる。マイクを持った生徒が「次は演劇部です」とアナウンスをすると、一年生が静かになっていく。

ブザーが鳴り響くと、臙脂色《えんじいろ》の幕が上がった。

ひとりで舞台に立っていたのは、見覚えのある生徒だった。同じクラスの竹内という女子で、大人しい印象の生徒だ。それなのに、表情も、声も話し方も普段とは違う。

竹内が演じているのは、やりたいことが見つからなくて悩んでいる役だった。

「好きなものなんて思いつかない、私に向いているものってなんだろう。でもとにかくいろんなことがしたい！」

好奇心は旺盛で、様々な部に仮入部していく。それでもピンとくるものがなく、落ち込んでいた。そんな中、演劇部に誘われて仮入部をし、興味を持った瞬間、表情が変わった。

——誰だ、あれ。

見た目は間違いなく竹内なのに、中身が別人だった。彼女の一挙一動《いっきょいちどう》に釘づけになり、息をのむ。

時折、目線を新入生に向けて、彼らを舞台に引き込んでいるように見えた。舞台の上の竹内は、新入生たちの代弁者だった。

やりたいことが見つかり——何者にでもなれると、セリフを口にした竹内は眩しいほどの笑顔を見せる。

他人の演技を見て、感動したのは初めてだ。言葉が聞き取りやすくて、丁寧に発音しているのがわかる。だけど、わざとらしくもない。竹内が演技を心から好きなのだと、伝わってくる。

退屈になった日常と、憂鬱な感情に光がさした。

俺もあんなふうに見えていたときがあったのだろうか。スタメンという立場や将来を気にするのではなく、ただサッカーが好きで夢中になっていた時間が今は遠く感じる。

好きなことを思いっきり楽しんでいるように見える竹内のことが羨ましくて、そしてもっと竹内の演技を見てみたいと思った。

演劇部が終わり、今度は野球部の番に変わった。同じクラスの福楽たちが新入生に向けて話をしている。先ほどとは空気が異なり、野球部はフレンドリーな雰囲気で、新入生たちに逆に質問を投げかけて笑いを誘っていた。

体育館を出ると、ちょうど渡り廊下を演劇部の生徒たちが歩いているのが見えた。

「やりきった～！」

はしゃいだ声を上げている生徒の中に、竹内もいた。教室にいるときよりも楽しそうで、いきいきとしている。

なにかが落ちているのを見つけて、拾い上げた。虹色のグラデーションがかかった薄い布だった。たぶんこれは、演劇で使っていたやつだ。

こういうのを集めたり、小道具を作ったりすんのも大変なんだろうな。俺にとっては未知の世界だ。話を聞いてみたくなったけど、ほとんど会話をしたことがない相手にいきなり声をかけても、困惑させるだけかもしれない。

「あ、あの……」

声がした方向に視線を向ける。そこには、いつのまにか竹内が立っていた。

夕焼けで橙色《だいだいいろ》に染まった黒髪が風に靡いていて、不安げな眼差しで俺を見ている。

先ほどまで舞台の上にいた人物が、すぐ目の前にいる。そのことに緊張して、言葉が上手く出てこない。

緊張を悟られないように、竹内の目の前まで歩み寄る。そして手に持った布を見せた。

「これ？」

たった一言しか出てこない。俺は他の言葉を必死に頭の中で探した。

「う、うん。それ演劇部の布で……拾ってくれてありがとう」

「舞台立つのって、緊張すんの」

「え？　す、するよ。……不安にもなるし」

「不安？」

「セリフ飛ばないかなとか、声が裏返らないかなとか、いろいろ考えちゃうんだ。だからミスしないように何度も練習してるんだけど、不安が消えなくて。……でも、楽しいよ」

演劇のことを話す竹内は、表情が柔らかい。あの舞台を披露するために、練習を重ねてきたのだろう。

「真面目だな」

好きなことを全力で楽しみながら、真摯《しんし》に向き合っていることが伝わってくる。

布を手渡す。本当はもっといろんな話がしてみたかったけれど、あまり引き留めるのも悪い。

「おつかれ」

それだけ言って、竹内の横を通りすぎていく。

「ありがとう」

振り返ったけれど、すぐに前を向いて立ち去る。日差しのせいか眩しさのあまり竹内の顔が直視できなかった。

＊　＊　＊

その後、竹内は声が出なくなり、演劇部を辞めた。それを知ったときは衝撃的で、放っておけなかった。事情は違っているけれど、俺は自分と重ねて、半ば強引に放課後を過ごす約束をした。村上先生から借りた演劇部の動画とリンクしていそうな場所に竹内を連れ出し、一緒に過ごす中で、俺も少しずつサッカーとの向き合い方を考え始めていく。

復帰しても、今までの居場所は戻ってこないかもしれない。いっそのこと投げ出そうかと考えたことも何度もある。

だけど、グラウンドを見るたびにサッカーがやりたくなる。

好きなものを諦めたくない。

そう思えるようになっていき、悩んだ末、復帰することを決めた。

数ヶ月トレーニングをしていなかったため、膝に負担をかけない程度に練習を再開していく。

部活終わり、水道で顔を洗っていると背後に誰かがいる気配がした。タオルで顔を拭いてから振り返る。

柏崎が立っていて、なにか言いたげだった。

「……吉永、監督と話した？」

それだけで言いたいことは、なんとなくわかった。いつスタメンに戻ってくるのかを、聞きたいのだと思う。

「俺が戻っても、スタメンは柏崎のままだから」

「けど……」

「実力が認められたから、お前が選ばれたんだろ」

「俺は吉永が抜けた穴を埋めるだけで、吉永より上手いわけじゃない」

以前はやる気に満ち溢れていたのに、今の柏崎は自信を失っている。噂のせいだけでなく、不本意な形でスタメン入りをしたことも原因な気がした。

「誰かより上手いとか、そこだけが大事じゃねぇだろ。チームでの相性とかもあるし、監督は総合的に見て柏崎を選んだんだから、俺を気にする必要なんてない」

俺がスタメンから抜けたきっかけは、怪我だったけれど、いずれ柏崎をスタメンに入れることも監督は考えていたはずだ。だから、しばらく今のままのメンバーでいくつもりなのだと思う。

「自分のせいとか、誰かの穴埋めとか、そんなこと考えんなよ」

「……ごめん、弱音吐いて」

スタメンから外された悔しさは、消えていない。だけど、この状況は絶対に柏崎のせいではない。

「俺はサッカーが好きだから、戻ってきたんだよ」

柏崎の目に涙が浮かんだ。俺が考えている以上に、ずっと苦しんでいたのかもしれない。

その日は久しぶりにふたりで一緒に帰り、部活のことや今月にある文化祭のことなど、柏崎といろんな話をした。

今までの空いた時間を埋めるように、話題が尽きない。数本電車を見送って、駅のホームで一時間ほど喋っていた。

柏崎との蟠《わだかま》りが消えて、心が軽くなっていく。引退までは、まだ時間はある。

『好きなこと、飽きるまでしようね』

竹内との会話を思い出しながら、街灯に照らされた家路を走り出す。どこにも痛みは感じない。

もう躊躇うことなく、走れる。

＊　＊　＊

文化祭では、竹内が演劇部に復帰した。俺が前に見た役とはまた違っていて、新鮮さがある。そして舞台に立つ姿は、やっぱりいきいきとしていて目が離せなかった。

公演が終わったあと、竹内に連絡をした。

「今、どこにいる」

『え？　中庭のドアあたり……』

「すぐ行くから、そこいて」

急いで中庭に向かうと、校舎に入るドアの近くに竹内を見つけた。紙袋の取っ手を握りしめる。

誰かにこういうものを贈《おく》るのは初めてで、照れくさいし、渡されて嬉しいものなのかわからない。ついさっきまで、やっぱりやめておくべきか悩んでいた。

だけど、彼女の顔を見た瞬間、迷いが消えていく。

「竹内」

もう一度舞台に立つことができたこと、そして一緒に過ごしてくれた三ヶ月の感謝を込めて、竹内に贈りたい。

――かすみ草の花束を。

完

あとがき

お手に取ってくださり、ありがとうございます。丸井とまとです。

『青春ゲシュタルト崩壊《ほうかい》』『世界が私を消していく』『アオハルリセット』に続いて、表紙は凪《なぎ》さんに描いていただきました。ありがとうございます。


今作は、声を失った女の子が主人公です。

花澄は好きなものが演劇で、それが部活に繋がっていました。けれど、花澄たちのように部活や進路に繋がっていなくても、ゲームでもアイドルでも、日常の些細なことでも好きなものがあるのは、素敵なことだなと思います。

誰かの目を気にしてしまうこともあるけれど、なにかを好きだと思う気持ちを大切にしたい。そんなことを考えて書いていたのですが、こういう表現でいいのかな？押しつけてしまわないかなと時折悩むこともありました。

そして書きながら、私が学生の頃に好きだったものってなんだったかなと考えました。

特に中学生の頃は、なにかに熱中していたわけではありませんでした。それでも好きだったものは、放課後の人が少なくなった教室でのお喋りとか、友達の家で作る砂糖たっぷりのミルクティー。自転車で坂を下って空気を切る爽快感《そうかいかん》とか、そういう日常の些細なことでした。

コーヒーもストレートティーも私は無糖で飲むのですが、大人になった今でもミルクティーだけは甘いのが好きなのです。それは友達と過ごした日々がきっかけだと思い出しました。学生の頃と今の小さな繋がりを見つけて、ほっこりとしました。

この作品に携《たずさ》わっていただいき、お力を貸してくださった皆様《みなさま》、ありがとうございます。

そして最後まで読んでくださった皆様、ありがとうございました。

皆様のなにかを好きだと思う気持ちが、この先も優しく咲《さ》き続けますように。

二〇二三年八月九日　丸井とまと

丸井とまと先生への
ファンレター宛先

〒104-0031
東京都中央区京橋1-3-1
八重洲口大栄ビル7F
スターツ出版（株）書籍編集部気付
丸井とまと先生

息ができない夜に、
君だけがいた。

2023年8月9日　初版第1刷発行

著　者　丸井とまと

発行者　菊地修一

発行所　スターツ出版株式会社
〒104-0031
東京都中央区京橋1-3-1　八重洲口大栄ビル7F
出版マーケティンググループ
TEL 03-6202-0386（ご注文等に関するお問い合わせ）
https://starts-pub.jp

印刷所　株式会社　光邦

DTP　久保田祐子

Printed in Japan
ISBN　978-4-8137-9255-0　C0095

息ができない夜に、君だけがいた

第5回
野いちご大賞
大賞受賞作！

青春ゲシュタルト崩壊

あの頃、そして今、
誰もが感じている痛み。
青春の息苦しさにそっと寄り添う、
感動の恋愛小説。

丸井《まるい》とまと・著

定価：1320円
（本体1200円＋税10%）

壊れそうな私を、君が救ってくれた。

朝葉は、勉強も部活も要領よくこなす優等生。部員の仲を取りもつ毎日を過ごすうち、本音を飲み込むことに慣れ、自分の意見を見失っていた。そんなある日、朝葉は自分の顔が見えなくなる「青年期失顔症」になってしまう。しかも、それを同級生の聖に知られ…。クールで自分の考えをはっきり言う聖に、周りに合わせて生きている自分は軽蔑されるはず、と身構える朝葉。でも彼は、「疲れたら休んでもいいんじゃねぇの」と言って、朝葉を学校から連れ出してくれた。聖の隣で笑顔を取り戻した朝葉は、自分が本当にやりたいことや好きなことを見つけはじめる——。

ISBN：978-4-8137-9087-7

スターツ出版人気の単行本！

『神様がくれた、100日間の優しい奇跡』

望月《もちづき》くらげ・著

クラスメイトの隼都に突然余命わずかだと告げられた学級委員の萌々果。家に居場所のない萌々果は「死んでもいい」と思っていた。でも、謎めいた彼からの課題をこなすうちに、少しずつ「生きたい」と願うようになる。だが無常にも３カ月後のその日が訪れて——。

ISBN978-4-8137-9249-9　定価：1485円（本体1350円+税10％）

『僕は花の色を知らないけれど、君の色は知っている』

ユニモン・著

高校に入ってすぐ、友達関係に“失敗”した彩葉。もうすべてが終わりだ…そう思ったとき、同級生の天宮くんに出会う。彼は女子から注目されているけど、少し変わっている。マイペースな彼に影響され、だんだん自由になっていく彩葉。しかし彼は、秘密と悲しみを抱えていた。ひとりぼっちなふたりの、希望の物語。

ISBN978-4-8137-9248-2　定価：1430円（本体1300円+税10％）

『あの花が咲く丘で、君とまた出会えたら。』

汐見夏衛《しおみなつえ》・著

母親とケンカして家を飛び出した中２の百合。目をさますとそこは70年前、戦時中の日本だった。偶然通りかかった彰に助けられ、彼と過ごす日々の中、誠実さと優しさに惹かれていく。しかし彼は特攻隊員で、命を懸けて戦地に飛び立つ運命だった—。映画化決定！大ヒット作が単行本になって登場。限定番外編も収録！

ISBN978-4-8137-9247-5　定価：1540円（本体1400円+税10％）

『きみとこの世界をぬけだして』

雨《あめ》・著

皆が求める“普通”の「私」でいなきゃいけない。どうせ変われないって、私は私を諦めていた。「海いかない？」そんな息苦しい日々から連れ出してくれたのは、成績優秀で、爽やかで、皆から好かれていたくせに、失踪した「らしい」と学校に来なくなった君だった——。

ISBN978-4-8137-9239-0　定価：1485円（本体1350円+税10％）

書店店頭にご希望の本がない場合は、書店にてご注文いただけます。

スターツ出版人気の単行本！

『すべての恋が終わるとしても　140字のさよならの話』

冬《ふゆ》野《の》夜《よ》空《ぞら》・著

さよなら。でも、この人を好きになってよかった。――140字で綴られる、出会いと別れ、そして再会の物語。共感＆感動の声、続々‼　『サクサク読めるので、読書が苦手な人にもオススメ』(みけにゃ子さん)『涙腺に刺激強め。切なさに共感しまくりでした』(エゴイスさん)

ISBN978-4-8137-9230-7　定価：1485円（本体1350円＋税10％）

『それでもあの日、ふたりの恋は永遠だと思ってた』

スターツ出版・編

――好きなひとに愛されるなんて、奇跡だ。５分で共感＆涙！男女二視点で描く、切ない恋の結末。楽曲コラボコンテスト発の超短編集。【全12作品著者】櫻いいよ／小桜菜々／永良サチ／雨／Sytry／紀本 明／冨山亜里紗／橘 七都／金犀／月ヶ瀬 杏／蜃気羊／梶ゆいな

ISBN978-4-8137-9222-2　定価：1485円（本体1350円＋税10％）

『君が、この優しい夢から覚めても』

夜《よる》野《の》せせり・著

高１の美波はある時から、突然眠りに落ちる“発作”が起きるようになる。しかも夢の中に、一匹狼の同級生・葉月くんが現れるように。彼の隣で過ごすなかで、美波は現実での息苦しさから解放され、ありのままの自分で友達と向き合おうと決めて…。一歩踏み出す勇気をもらえる、共感と感動の物語。

ISBN978-4-8137-9218-5　定価：1485円（本体1350円＋税10％）

『誰かのための物語』

涼《すず》木《き》玄《げん》樹《き》・著

「私の絵本に、絵を描いてくれない？」立樹のパッとしない日々は、転校生・華乃からの提案で一変する。華乃が文章を書いて、立樹が絵を描く。そして驚くことに、華乃が紡ぐ物語の冴えない主人公はまるで自分のようだった。しかし、物語の中で成長していく主人公を見て、立樹もまた変わっていく――。

ISBN978-4-8137-9212-3　定価：1430円（本体1300円＋税10％）

書店店頭にご希望の本がない場合は、書店にてご注文いただけます。

スターツ出版人気の単行本！

『大嫌いな世界にさよならを』

音《おと》はつき・著

高校生の絃は、数年前から突然、他人の頭上のマークから「消えたい」という願いがわかるようになる。マークのせいで人との関わりに消極的な絃だったけれど、マークが全く見えない佳乃に出会い彼女と過ごすうち、絃の気持ちも変化していって…。生きることにまっすぐなふたりが紡ぐ、感動の物語。

ISBN978-4-8137-9211-6　定価：1430円（本体1300円＋税10％）

『星空は100年後』

櫻《さくら》いいよ・著

美輝の父親が突然亡くなり、寄り添ってくれた幼馴染の雅人と賢。高１になり雅人に“町田さん”という彼女ができ、三人の関係が変化する。そんなとき、町田さんが突然昏睡状態に。何もできずに苦しむ美輝に「泣いとけ」と賢が寄り添ってくれて…。美輝は笑って泣ける場所を見つけ、一歩踏み出す――。

ISBN978-4-8137-9203-1　定価：1485円（本体1350円＋税10％）

『きみと真夜中をぬけて』

雨《あめ》・著

人間関係が上手くいかず不登校になった蘭は、真夜中の公園に行くのが日課だ。そこで、蘭は同い年の綺に突然声を掛けられる。「話をしに来たんだ。とりあえず、俺と友達になる？」始めは鬱陶しく思っていた蘭だけど、日を重ねるにつれて２人は仲を深めていき――。勇気が貰える青春小説。

ISBN978-4-8137-9197-3　定価：1485円（本体1350円＋税10％）

『降りやまない雪は、君の心に似ている。』

永良《ながら》サチ・著

高校の冬休み、小枝はクールな雰囲気の俚斗と出会う。彼は氷霰症候群という珍しい病を患い、深い孤独を抱えていた。彼と過ごすうちに、小枝はわだかまりのあった家族と向き合う勇気をもらう。けれど、彼の命の期限が迫っていることを知って――。雪のように儚く美しい、奇跡のような恋物語。

ISBN978-4-8137-9189-8　定価：1430円（本体1300円＋税10％）

書店店頭にご希望の本がない場合は、書店にてご注文いただけます。

スターツ出版人気の単行本！

『満月の夜に君を見つける』

冬野夜空《ふゆのよぞら》・著

家族を失い、人と関わらず生きる僕はモノクロの絵ばかりを描く日々。そこへ儚げな雰囲気を纏った少女・月が現れる。次第に惹かれていくが、彼女は“幸せになればなるほど死に近づく”という運命を背負っていた。「君を失いたくない——」満月の夜の切なすぎるラストに、心打たれる感動作！

ISBN978-4-8137-9190-4　定価：1540円（本体1400円+税10%）

『アオハルリセット』

丸井《まるい》とまと・著

人に嫌われることが怖い菜奈。高校生になって、他人の“嘘”や“怒り”が見える「光感覚症」になってしまう。まわりが嘘ばかりだと苦しむ菜奈だけど、“嘘”が見えない伊原くんの存在に救われる。でも彼と親しくなるにつれ、女友達との関係も悪化して…。十代の悩みに共感！　感動の恋愛小説。

ISBN978-4-8137-9180-5　定価：1430円（本体1300円+税10%）

『僕は何度でも、きみに初めての恋をする。』

沖田円《おきたえん》・著

両親の不仲に悩む高1女子のセイは、公園でカメラを構えた少年ハナに写真を撮られる。優しく不思議な雰囲気のハナに惹かれ、セイは毎日のように会いに行くが、実は彼の記憶が一日しかもたないことを知る——。“今”をめいっぱい生きるハナと関わるうちに、セイの世界は変わっていく。

ISBN978-4-8137-9181-2　定価：1430円（本体1300円+税10%）

『生まれ変わっても、君でいて。』

春田《はるた》モカ・著

余命1年を宣告された、高校生の粋。ひょんなことから、大人びた雰囲気の同級生・八雲に、余命1年だと話してしまう。すると彼は「前世の記憶が全部残っている」と言いだした。不思議に思いながらも、粋は彼にある頼みごとをする。やがてふたりは惹かれあうけれど、命の期限はせまっていて…。

ISBN978-4-8137-9166-9　定価：1430円（本体1300円+税10%）

書店店頭にご希望の本がない場合は、書店にてご注文いただけます。